浮世百願

昔日心願

原作／監製 笨蛋工作室

作者 冰糖優花

【民間傳說－怨牌】

紅色怨牌，寄宿著他人未了的心願。

社長田調筆記

因盛傳著魔力傳說，當時死於非命的黃家人之怨念凝結成了紅色怨牌，散落在荒宅各處，透過鏡子可以看見死者生前的記憶片段，但尚未有人證實這項說法。

【民間傳說－洋娃娃捉迷藏】

玩捉迷藏的洋娃娃會躲藏在屋內四處，她們善於躲藏，藏匿地點與主人的喜好息息相關，同時也知道主人的秘密。

社長田調筆記

「我聽見了小女孩的聲音，而且是好幾個，他們輕輕地說著：『我們來玩捉迷藏吧！』當我好奇往窗內一看，沒有半個人影，只有散落四處的洋娃娃……」洋娃娃開口說話什麼的肯定是那位目擊者聽錯了吧？

如果探險時有發現玩捉迷藏並躲在各處的洋娃娃的話，暫且留意一下，也許跟這家人的故事有關。

【民間傳說－自燃的火光】

室內點起爐灶的火焰可能引來冤魂。

社長田調筆記

一九五〇年事發當天，黃家有人不知是意圖縱火自焚，還是為了驅趕前來搜捕的員警，他拿起成堆的炭火丟向爐灶，念念有詞之後引發了不小的火勢。雖然被大批警力阻止沒釀成火災，但多年來，二樓的窗臺時不時會透出來自廚房的微微火光，被認為是怨念所致，搞不好重新仿效點火就可以見到他的靈魂，有人有興趣嘗試看看嗎？

【民間傳說－陰酒】

陰酒通常會放置在建築物的角落陰暗處，裡面供奉的物品應該具有釀製者強烈的意念。

社長田調筆記

據說是獻給陰間好兄弟的酒。某種傳說密宗的儀式，在酒罈中加入生米、人血、烈酒後封口，放置陰涼處可保佑財源廣進出入平安，此酒絕不開封，否則家破人亡。街坊鄰居對於此也是議論紛紛，懷疑「滅門血案」的主因也許跟此事脫離不了關係。

【民間傳說－回魂床】

在封閉的回魂床底，非人之物的呢喃將化作文字。

社長田調筆記

這是從附近宮廟服務的一位老爺爺口中得知的內容：「當年蓬萊樓的金田管事曾來跟我父親求助，說樓內有個房間因為被他用來安置憑空出現的屍體，事後該房間的床底持續傳出男子的呻吟，就算找我父親作法，或更換床板也無濟於事。」而這個傳聞最後成為了大家口中「來自回魂床底的呢喃」。

最近更新：謠傳當年闖入搜捕的警察中，有人趴在該床稍歇片刻，便於事發三日後身亡，雖然無法確認消息真偽，但可以留意一下荒宅內的床。

【民間傳說－鏡中鬼】

用特製的符紙貼於鏡中倒影的額頭時若發生異象，正是鏡中鬼的特徵。

社長田調筆記

傳說有冤魂滯留並穿梭蓬萊樓的鏡子內，當你於深夜照鏡子時，會在鏡中看見冤魂幻化成你的模樣，這時心中想著想問的問題，鏡中的自己會告訴你答案，聽說絕對不能詢問生死相關的問題，否則另一個自己會把你抓到鏡中做交替。

之前場勘時我有嘗試在門口用自己準備的鏡子做過實驗，但沒有發生類似的情形，如果傳聞屬實，也許需要調查宅內其他的鏡子。

目錄

【楔子】

寶樓的繼承人

黑暗中，我嗅到潮溼腐朽的空氣中夾雜著些許屎尿味。

來到這裡第兩百四十六天了，一切都還像剛發生一樣令人毛骨悚然，我不敢想像分開的家人現在正在做什麼，或面臨著什麼樣的處境，這一切對我這個十歲的小女孩來說，都超出我能理解的範圍了。

「其他人應該都不行了，剩這一個……」

「這個小的再觀察一下吧！我發現她似乎不太尋常……」

已經有好幾天沒有聽到遠方隱約傳來刑求聲了，我的耳裡只剩下眼前兩位高大、壯碩的黑衣男子低沉的交談。

「小妹妹，叔叔知道妳的記憶力很好，能不能告訴我們，妳爸爸平常隱瞞了什麼事情？只要知道這件事情……」

其中一個男人蹲到我的眼前，以不耐煩的口吻詢問我。

也許是認定了最糟的事態，又或許是他們對我造成了嚴重的精神創傷，破碎的心靈已將我的語言能力徹底奪走了。

「大概是嚇到失魂了。感覺這隻也沒用了，要處理掉嗎？」另一位黑衣男輕浮地說。

此時，一位眼神銳利、神情嚴肅的男子從門外走進來，其他人見狀，對男人肅然起敬。

「再給她一點時間，剩下的交給我來處理。」嚴肅的男子左顧右盼後吩咐了一句。

「是！長官！」

兩名男子點點頭後匆匆離去。

留下來的這位男人在我的印象中，進出過這個狹小黑暗的房間不到五次，但我清楚地記得我與家人來到這裡的第一天，在遮蔽視線的紗布袋外面，發號施令的冰冷聲線就是來自這名男人。

其他人離去之後，他點燃了菸，沉默數分鐘後，突然對我開口：

「玉葉當時也差不多是妳這個年紀。」

我不明白他這句話的涵意，只能靜靜聽他繼續說。

「雖然我覺得上頭做這件事，無疑是在殺雞取卵，但我不會安慰妳，又哄騙妳跟我實話就能見到爸媽。坦白說，我覺得他們應該凶多吉少。妳的家人會有什麼下場並非我能決定的，雖然我不會要求妳原諒我們，但我必須跟妳說——比妳淒慘的人比比皆是，這就是時代的共業。聽懂的話，就好好聽清楚，話我只說一次。還記得上週我帶妳到室外放風時，走過池塘旁的那條路吧？」

因為我從小就有過目不忘的本事，能理解的詞彙也比同年齡的孩童多，家人都對我的天賦感到十分驚嘆，但儘管如此，當下我並無法做出任何表示，只能直盯著眼前的黑衣男子。

他見到我的眼神堅定，便當做我默認了，因此繼續說：

「明天中午會有人帶妳經過那條路，到時候妳就衝進池塘旁的草叢，並且往前直走，大概不用走多遠會看見一片鐵絲網。那裡應該有些破損的地方，我估計明天應該還來不及修復，妳穿過鐵網後不久，就會看到新店溪了，至於接下來會如何，就看妳個人的造化了。」

雖然我不知道這位男性為何做出與其他人背道而馳的行為，但有那麼一瞬間，我似乎從他冰冷的眼神中，看到一絲與父親平時相仿的模樣。

隔天中午，果然有人來帶我離開這個房間。

我照著他的指示，在經過池塘旁的路時衝進草叢裡，並且拚命往前跑，接著我穿過鐵絲網，離開這個地方。

雖然損壞的鐵絲網紮得我手腳綻出鮮血，但我頭也不回地狂奔，在其他人追上之前跳進了新店溪裡。

湍急河水無序的拍打也將我的意識逐漸拍離，我心想，也許就這樣離去也是種解脫吧！

之後不知道過了幾天，昏迷的我在某個河岸被好心的夫妻發現並收留了我。

他們供我吃住，在他們眼中，我是個無法表達任何情感與言語的孩童，儘管如此，他們仍將我視如己出，並替我取了個名字，叫雨庭，原本是他們早逝女兒的名字。

過了快三年，我才逐漸開口說話，他們得知我的本名時，我們一家人已移居到島嶼的南方了。炎熱的氣候讓我漸漸忘卻記憶中冰冷的石牆與令人窒息的狹小房間，取而代之的是往日與逝去雙親的回憶。

那時，我終於流出三年多來的第一滴眼淚，養父母也跟著我喜極而泣。

◆

「阿嬤？妳怎麼了？」

「歹勢啦，想起了一些往事，有點出神了。」

在台南住了這麼多年，現在果然很不習慣台北的氣候，潮溼的空氣令我喘不過氣來。相隔了七十幾年，再次回到大稻埕這個地方，景色與記憶有不小的落差。雖然部分的迪化街區看起來還保有當年的味道，但巷弄間混雜了不少跨時代的建築風格，些微不協調感也在我心中油然而生。

我牽著外孫——宇祥漫步在迪化街上，小男孩一臉興奮地看著我，水靈靈的大眼像在期待著什麼，真是像極了他母親。

「阿嬤，妳為什麼會想來這裡？」

「因為我以前就住在這裡啊。」

「以前就住在這裡？這麼久以前的事，妳還記得嗎？」

「不要小看阿嬤了，雖然我年紀大，但記性好得很。」

畢竟有些事想忘也忘不掉，那是最痛苦、最難受的。

「阿嬤出生沒多久，你祖公就帶著全家人搬來這裡。雖然我對這裡的記憶非常短暫，但記得的部分可以跟你講三天三夜了。」

「阿嬤，妳那時候不是還很小嗎？怎麼能記得這麼清楚？」

「哩惦惦聽哇共丟賀啦（你安靜聽我說就好了）！」

本性好強的我感覺到自己的記性被挑戰，下意識做出反擊。

小時候，我的記性過人，大概四五歲時就能把父親的風流往事倒背如流，這項才能日後雖然保住了我的性命，卻也令我飽受折磨。但我也很慶幸擁有這個天賦，才讓那些珍貴的回憶長存我的心中。

我父親是個多話的人，喜歡交朋友、分享自己的所見所聞，儘管大家都覺得他幽默風趣，可是我覺得他有點囉嗦。然而，現在只能感到惋惜，想再多聽他囉嗦幾句都是無法實現又奢侈的願望了。

還記得父親提過一九三〇年時，大稻埕發生了一件震驚社會的大事。

在擁有魔力的蓬萊樓舉辦，能實現願望的神奇宴會——浮世宴上，犧牲了某些人，導致時代產生劇烈的動盪。原本他非常掛心事件的後續，但當時他似乎受到某種啟發，決定離開家鄉臺灣，到世界各地去旅行。

該說是巧合嗎？父親在接下來幾年的旅程中，就如安排好的命運一般，不僅讓他屢屢躲過戰亂，也因此認識了母親，然後再次回到這裡。

「這些聽起來很像編出來的故事耶，阿嬤，妳確定沒有記錯嗎？」

「很虛幻吧？小時候我也是這麼認為，覺得是阿爸為了哄騙我而編的故事。」

「那後來蓬萊樓怎麼了？」

「因為宴會出了人命，最後被日本政府強制停辦，蓬萊樓也被查封，禁止進出了。」

「既然這麼危險，幹嘛不把整棟樓拆掉呢？」

「日本仔比較不會隨意破壞有歷史的建築物。再來就是當時謠言四起，這棟樓好像有意識般地四處作祟，甚至不時傳出有人看到戴著面具的鬼魂在裡面徘徊，光是經過，都會遇上危險。後來戰爭爆發，他們就只能將這件事放在一旁了。」

當然，這些事都是我父親後來聽說的。

那幾年，他隻身走訪東南亞，持續他年輕時熱衷的旅行，知曉世界各地的傳說、收集各國文物就是他最大的興趣。不少人都笑他大概會一輩子都是孤家寡人，讓珍藏的骨董陪伴他終老，直到他在泰國旅居時，遇到了比他更我行我素又逍遙自在的旅人，也就是我的母親。

母親的個性強勢且不受拘束，年輕時跟家裡鬧翻了，就一個人獨自出來旅行。這點跟被趕出家門的父親簡直有異曲同工之妙，父親心想，一個女人跑到異鄉來實在罕見，一度誤以為母親是常居此地的華僑，然而，他們在異鄉十分投緣，打鬧同行了好一陣子後，父親對人生的期望有了變化。

有一天，父親突然語重心長地對母親開口：

『小蘭，妳也知道，我這個人就是止不住好奇心，那些難以捉摸的事物，真的讓我欲罷不能，我的作風就是這樣啦！一定要把他們搞得清清楚楚。但如妳所見，我的年紀真的也不小了，有些事情一個人真的不好辦……』

『先生，你就有話直說吧！但醜話先說在前頭，錢不夠的話，我可幫不上忙。』

『事情是這樣的！有個地方，我一直想去朝聖，只是那個地方好像……怎麼說呢？規定要兩人一組。說白了，就是必須一對夫妻才能造訪，我的意思是說……』

『黃東盛！你是在跟我求婚嗎？』

據母親的描述，當時她簡直氣炸了，但看到父親不知所措的愚蠢模樣又止不住笑意。

對父親來說，這趟旅程的終點就是與母親長相廝守，兩人不久後在異鄉結為連理，並生下了哥哥。之後在一九四〇年再次回到這片土地，沒過多久我就出生了。

「祖公跟祖嬤都好好玩喔！」

「是啊，你祖公老是很得意地說他們是歡喜冤家，但祖嬤似乎沒有想理會他的意思。」

宇祥聽著我父母相識的過程，發出了清朗的笑聲，似乎從未想過自己的祖公母個性如此滑稽，彷彿不像那個時代的長輩。談笑間，我們來到了台北橋頭，記憶中的那棟房子現在就在迪化街的尾端，荒廢許久。

父母剛回臺時定居在艋舺一帶，生活並不舒適。

那是戰前臺灣隨處可見的光景，糧食嚴重缺乏，許多青年因為戰爭需求，被迫與家人離散，印象中，有些人還為了躲避徵兵令而謊報戶口，遭到日本警察嚴懲，深夜會傳來因酷刑造成的慘叫聲，至今都是令人難忘的惡夢，所幸我們一家四口算熬了過來。

我還記得，當時轄區的警官一樣是本島出生的人，對當時年幼的我們兄妹倆也照顧有加。

在戰爭過後的某天，轄區警官矢口叔叔登門拜訪，說有人託他捎來一份書信，上面寫著：

『黃先生，酒樓已恭候多時。』

「酒樓是阿嬤妳之前說過的，那棟有鬼的蓬萊樓嗎？」

宇祥對關於酒樓的訊息感到不解。

「兜了一大圈，還是躲不過宿命，你祖公終究要繼承那個地方。」

◆

父親聞信來到蓬萊樓，想知道此信究竟出自誰之手。

事實上，剛回臺時父親曾重訪舊地，以為那裡早已人去樓空，如今突如其來的信件似乎正預告著他的使命尚未終結。

到目的地時，一位戴著奇異面具的青年在樓前等候著父親。

「久違了，黃先生，您終於回來了。」

「你是……馬霧？不對，是小馬賽嗎？跟你爸真是一模一樣啊！」

父親很快就認出青年眉目間熟悉的粗獷線條。

當天兩人敘舊許久，直到明月高掛夜空中。

馬賽的父親——馬霧跟父親曾是舊識，蓬萊樓在一九三〇年的大事件之後人去樓空，獨留馬霧假以寃魂之姿，守護著酒樓。而數年後，馬霧離世，由馬賽子代父職，靜候著我父親的歸來。

似乎命運早已註定將由父親繼承這個別具意義的地方。收到馬賽來信的幾個月後，我們一家四口從艋舺老家，搬進了大稻埕的蓬萊樓。父親變賣了一部分的古物換取金錢，好讓我們兄妹能有更優渥的生活品質與學習環境，馬賽也從這時開始，成了我們家的一分子。

◆

「至於我們家後來發生什麼事，你應該以前都聽過了……」

「政府以為你們私藏金銀財寶，結果就……」

小外孫低頭沉默。

幾年前，我曾跟他提過當年黃家的慘案，以及不到十歲就被監禁超過半年的我是怎麼受到貴人的幫助，活下來的。

當時，新政府深信流傳於街巷間的傳說，意圖奪取並掌握寶樓的魔力，以為向我們黃家四人行刑逼供就能得知祕密，卻不願相信經過了百年的消耗，蓬萊樓早已淪為一棟普通的老房子。最終，我們全家大小皆被羅織罪狀，除了我之外，都因為熬不過酷刑而殞命。

儘管失去家人的夢魘從未從我心中散去，但我不想沉溺於自身遭遇，裹足不前。如果是父親，應該會希望所有的故事，無論美好的、悲慘的、傳奇的、荒誕的，都能傳承下去，畢竟他時常將這番話掛在嘴邊：

「所有的故事都是一面鏡子，反應出人們心中所願。」

這些故事就像照映出了某個時代的悲劇，烙印在我的心中。如今，我有自己的家庭與後代，我願意相信這是寶樓魔力的加持，讓我的故事能透過血脈延續下去。

「如果阿嬤還思念這個地方的話，那我長大以後，就把它買下來！」

「小孩子說什麼大話？先好好讀書，找工作、賺幾分錢再說！」

「我很快就會長大了！阿嬤不是都說我很聰明嗎？用我聰明的腦袋，應該很快就能賺到很多很多錢了！而且，爸爸現在也很有錢啊！」

「霍宇祥，你別跟你爸一樣！要不是我的乖女兒無怨無悔地支持你爸這麼多年，他肯定到現在都還沒什麼用。」

「阿嬤，運氣也是實力的一種啊。走！我們再到前面去逛逛！」

十歲的外孫加快腳步，惹得我氣喘吁吁，但能自由漫步在這令人懷念的街道上，大概是我這年歲的老人該好好珍惜的時光了。

◆

那晚睡前，我想起兒時某夜，窺見父親與馬賽在房裡交談的場景。

『其實，我想不透為何蓬萊樓會選上我。』

『家父曾跟我說過，蓬萊樓魔力具有意識，會挑選自己的主人。也許你是這世界上僅存的，既知曉這棟樓歷史也願意保護它的人了，寶樓希望你能傳承這些故事。』

『這個責任真的太沉重了！』

『但黃先生，您的表情看起來很樂意啊。』

『馬賽，你跟你爸真是不同，講起話來真是壞心！』

『大概是小時候跟您學的。』

歡笑幾句後，父親面色沉重，嘆了幾口氣。

『其實，我大概有察覺到魔力什麼的早已不復存在了。看看現在的局勢，曾經有人以為趕走日本人就會有好日子過，但好日子恐怕不會從天而降，就像魔力從來不會實現你的心願一樣，只會提供你實現的手段。事在人為，幸福還是要靠自己爭取，畢竟這棟樓留給我最美好的東西，都不是許願得來的！』

『我想，這也許就是寶樓選上黃先生的原因吧！』

『好說好說！』

『我其實認真思考過，蓬萊樓到底是如何挑選繼承人的。想來想去，也許就是愛吧！對家族的愛、對這片土地的愛，不管是霍家、金田兄弟、梅若影或是黃先生您，其實也有些相似之處。』

『馬賽，我覺得你這個推論根本毫無根據……但我喜歡！』

兩人相識而笑，眼神間傳達了某種默契。

◆

深夜裡回憶入夢。

夢中，我佇立在迪化街上，看著蓬萊樓的大門口，馬賽的身影正在四處張望，窗內依稀可見父母與兄長早坐在餐桌旁準備開動了，而廚師朱大端上一道道美味的料理。

「黃思言肯定又跑去隔壁街玩了，我看，她的份就給我吃掉好了。」

「思義！你就不能多疼你妹妹一點嗎？等她回來再開動。」

母親伸手阻止了想偷夾飯菜的兄長。

「該吃飯了，思言，再不來，菜就要冷掉了！」

忽然間，馬賽回過頭朝我說道。

一個小女孩穿過我的身旁奔向家中，抬眼望向餐桌上的每張盈盈笑臉。

如果能對寶樓許願，我希望，時間能永遠靜止在這一刻。

這一幕好似鏡中倒影，稍有動靜便會從視線中消失。但儘管如此，那些再也無法觸及，最平凡、最溫暖、最無法割捨的美好時光，即使早已千瘡百孔、斷垣殘壁，都仍深深淺淺地刻在蓬萊樓的每個角落。

【第一章】

探險筆記

久違地回到擁有文化之都稱號的台南，天氣依舊如記憶中炎熱，太陽熱情得快將皮膚烤紅了，柏油路熱氣升騰，扭曲了眼前的景色。

霍宇祥從計程車上下來，揹著簡單的行李站在車水馬龍的街邊。

「祥祥，這個滋養品你拿著。」

霍宇祥的媽媽將一袋補品遞到他手中。

「之前我拿滋養品給你阿嬤，她都不收。你阿嬤最疼你了，甚至比疼我還疼，如果是你拿給她，她搞不好就高高興興地收下來了。」

聞言，霍宇祥略顯尷尬地乾笑了兩聲，點點頭答應，「好。」

儘管很久沒有回來台南的阿嬤家了，這棟老房子的模樣幾乎都沒有改變，就像時間不再流逝過。

霍宇祥走進隔開兩旁石牆的木門，看到小院子裡有幾個大竹篩，裡面擺著乾扁的菜脯，正在吸收陽光的滋養，同時散發出鹹鹹的氣味。霍宇祥懷念地笑著，推開玄關的木門。

「阿嬤，我回來了！」

他揚聲喊道後不出幾秒，一位頭髮花白、穿著樸實，不過身形依舊直挺挺的老婆婆從裡面慢慢走出來。她看到活潑陽光的霍宇祥，滿是皺紋的臉上牽起笑容。

「哎呦，我的祥祥回來啦！阿嬤揪修哩耶內（阿嬤很想你耶）！」

「阿嬤，哇瑪西（我也是）！」

許久未見的嬤孫先交換了一個長久的擁抱，之後霍宇祥才放開外婆，將手上的滋養品放到一旁的桌上。

「阿嬤，這是我和媽帶回來給妳吃的，對身體很好，妳要乖乖喝掉喔！」

「哎呦，不用啦！你們拿回去，阿嬤的身體還很好，還不用吃那種東西。」

霍宇祥皺起眉頭，故作生氣，「不管身體好不好都要吃！雖然我知道阿嬤還很年輕，可是還是要保養，因為妳可不能怎麼樣啊！要是怎麼樣了，我會很難過的。」

霍宇祥一邊說一邊將袋子裡的滋養品拿出來，不容分說地遞了一罐給外婆。

「來，阿嬤，妳先喝一罐吧！」

或許是拗不過心愛的孫子，外婆忍不住失笑，輕笑著接過那罐滋養品，無奈地道：「好好，阿嬤都聽你的！」

看著外婆慢慢喝下那罐滋養品，霍宇祥回頭看向身後的媽媽，有些壞心地吐了舌頭，讓媽媽只能無奈地搖搖頭。

「媽～妳就是偏心祥祥！每次我要妳收下都不答應，果然只要是祥祥送的妳都收！」

外婆將喝光的玻璃瓶放到桌上，瞪了女兒一眼。

「人家祥祥比妳聽話，比妳乖，我當然比較寵他了。」

「媽……」

「妳妹妹正在廚房裡忙，妳去幫她吧！讓我和祥祥聊聊。」

「唉，好吧。」

不管霍媽媽一臉哀怨的模樣，外婆逕自牽起霍宇祥的手，拉著他坐到客廳的三人座木椅上。

「祥祥啊，你讀書應該很累，有沒有好好吃飯啊？」

「呵呵！阿嬤，您放心啦！我就住在家裡，每天都有媽媽幫我準備，吃得可好了！」

「那就好。讀書最耗腦力，你可要多吃一點補品，我叫你媽去買幾帖補藥，回去燉湯給你喝……」

講到補藥，霍宇祥就想到一鍋既漆黑又苦的湯，一股寒意瞬間從尾椎竄上頭頂。

「阿嬤！別說我了，妳才是最應該補一下身體的人。聽說妳最近腳又不舒服，不太想走動，舅舅有帶妳去看醫生了嗎？」

一談到這個話題，外婆就變得有點興致缺缺，一副不太想提起的模樣。

「唉……人老了，不中用了，身體到處都痛，你倒不如問我有哪裡不會痛的吧。」

「哎呦，阿嬤，既然有不舒服的地方，我們就乖乖聽醫生的話，很快就會好起來的。」

「傻孩子，人要是命到了，該走的就會走。就算不是生病，天公伯還是會用某種令人意想不到的方式把人帶走，就算有魔力也一樣……就像阿嬤的家人一樣。」

外婆說著，雙眼望向門外，像正看著漂浮在藍天中的白雲，又似正遙望著另一個世界。

霍宇祥也跟著外婆往外望去，想起了小時候，外婆說過的許多故事。

霍宇祥從小就與外婆很親近，因為每次和外婆待在一起，都能聽到很多奇妙又有趣的故事，例如外婆有兩個家庭，一個親生家庭、一對扶養家庭；外婆曾經被關進牢裡，是受到陌生人的幫助才逃出來的，還有外婆原本住在某棟有魔力的古樓裡。

外婆從以前就是個很會說故事的人。從她嘴裡說出來的故事，每一個都栩栩如生、如真似幻，有時逼真得令人心驚膽戰，有時奇妙得猶如傳說。

霍宇祥一直不曉得這些故事到底是不是真的，但外婆說過，她說的每個故事都是她的親身經歷，如果將每個故事仔細拼湊起來，那就是她的人生。

直到現在，霍宇祥幾乎都還記得她說過的每一個故事，記得她人生中的每個細節。

因此當他看到外婆似是懷念的神情，就隱約猜到她或許又想起了哪一段過去。

「阿嬤，您又想起了祖公他們嗎？」

「是啊，最近不知道怎麼了，特別常想起他們。」

阿嬤有些無奈地笑了笑，並收回視線。

「以前還住在那棟樓的時候，大概是我記憶中最深刻、最美好的一段時間，卻也是我最大的遺憾。以前你祖公常常開玩笑，說要趁那棟樓還有魔力時穿越時空，回到過去看看。現在想起來，要是真的能做到那種事，我還真想試試看呢。」

外婆輕聲笑著，霍宇祥也跟著笑了。

「祖公是認真的嗎？什麼穿越的，根本是在作夢吧？」

「這可不一定。」

外婆突然面色嚴肅地看向霍宇祥，像在說什麼祕密般微微傾身，湊到外孫的耳邊，悄聲說道：「如果你親眼看過，就會知道那是真的了。」

外婆的眼神無比認真，說出口的話像個漩渦，將人吸進去，甚至為之著迷。

霍宇祥之所以不曉得外婆說的是真是假，就是因為這一點。

或許就是因為外婆擅長說故事——太會說故事——聲音、表情、語調都非常吸引人，並令人不由自主地專注於她說的每字每句。

就像現在，霍宇祥的雙眼不自覺地綻放出好奇的光芒，直盯著外婆看，像在催促她繼續講下去。

「小時候，你祖公常常說故事給我聽，說過最多的，當然就是關於那棟樓——蓬萊樓的故事。他常說，在那棟樓由我們家繼承之前，那棟樓的主人每一年都會舉辦叫『浮世宴』的宴會。而赴宴的賓客若付出某種代價，就能利用蓬萊樓的魔力實現願望。」

「浮世宴……？」

這個故事倒是第一次聽外婆說到。

「對，雖然那棟樓交給我們家時，魔力似乎已經所剩無幾，所以我阿爸就不再舉辦浮世宴了。不過，我聽阿爸說他曾經是那場宴會的賓客，親眼見證過那棟樓的魔力，所以常常惋惜又半開玩笑地說，想用蓬萊樓最後的魔力穿越到過去。」

「那阿嬤，妳相信嗎？」

儘管霍宇祥的眼神中透漏著狐疑，阿嬤仍點點頭，「我相信我阿爸說的所有話。」

聽到外婆這麼說，霍宇祥不太好意思反駁，但是這個故事太神奇了，感覺像現在到處常見的異世界奇幻故事，讓他很難產生共鳴，繼而無法相信這個故事、這場宴會以及實現願望的魔力是真實存在的。

他癟癟嘴，有些難以啟齒的模樣，將字字句句含在嘴裡，含糊地問：

「可是，那場宴會真的存在嗎？祖公真的參加過那場宴會嗎……？」

外婆毫不在意，自顧自地繼續說道：

「我之前也跟你說過吧，你祖公在年輕時曾到處旅行，見過許多奇人異事。喔，我想起來了！他還說過，那棟樓的魔力是白山石族的女巫創造的，還曾用魔力變出一幅神奇的畫作。而且在他參與的最後一場浮世宴上，他還遇到繼承了女巫之血的日本女學生，名字叫……橋本秀香吧？」

看到外婆有些頭痛地扶住額頭，霍宇祥稍有擔心地攬過外婆的肩，溫聲道：「阿嬤，妳累了吧？還是我們別說故事了，先去房間休息吧？」

「噯，阿嬤沒事、沒事，只是在努力回想而已。」

說完，外婆又皺起花白的眉毛，一邊回憶著什麼，嘴裡一邊喃唸著什麼。

「那個女巫……是小木盒吧？我記得阿爸有好好收起來，但是不知道放到哪裡了……」

「阿嬤？」

因為不常見到外婆這樣，霍宇祥擔心地湊過去確認狀況，不過外婆擺擺手，無奈地笑著續道：「唉，年紀大了，雖然我能記得所有看過的人事物，但記憶還是有點錯亂了。」

「阿嬤，想不起來的話就別想了，我們聊別的也行。」

霍宇祥的黑色眼瞳咕溜一轉，立刻想到了新的話題，「對了，阿嬤，如果真的有魔力能讓妳穿越時空、回到過去，妳最想做什麼？」

「啊，這個嘛……」外婆沒想幾秒，語氣肯定地說，「我想回去告訴你祖公，快點帶我們全家離開那棟樓。」

霍宇祥不解地歪過頭，「可是，妳不是說住在那裡的時候，是妳記憶中最深刻、最美好的一段時間嗎？」

「是啊，在那裡的時候是最美好的記憶，但是，也正因為住在那棟樓，才會讓我們一家人再也無法相聚。」

「啊，是因為後來大家都被抓走了……」

「沒錯。」外婆點點頭，面露哀傷地續道，「我之前也跟你說過那段故事了。總之，如果沒有住進那棟樓，我們黃家就不會被抓走，還揹上莫須有的罪名、被關進牢裡，直到死去都無法再見一面，唉……」

「就是因為這樣，妳剛才才會說那是妳最大的遺憾啊。」

「對。所以如果能回到過去，我倒是希望別住進那棟樓呢。」

霍宇祥抿抿唇，心情有點複雜。

他正在想該說什麼時，身旁的外婆像突然想到了什麼，激動地喊了一聲，「對了，阿爸說過，白山石族女巫離開時留下了一個小木盒！那個木盒裡，說不定還有一點魔力！」

「什麼？妳說魔力嗎？」

「沒錯！魔力！」外婆緊握著霍宇祥的手晃著，「那位白山石的女巫在離開臺灣前留下了一個小木盒給你祖公。她沒有說那個小木盒裡裝著什麼，或是有什麼用途，但你祖公一直都有好好收著，只是我不知道阿爸放在哪裡……只有聽他說過這件事而已。」

因為沒有預料到外婆會這麼激動，霍宇祥怕會影響到她的身體，不斷輕拍她的肩，試圖安撫她。

「好好好，阿嬤，我知道了，妳先冷靜一點，別那麼激動。」

霍宇祥慢慢讓外婆冷靜下來，之後面露些許難色，不知道該不該說出自己的想法。

畢竟，外婆說的可是魔力，是經常出現在奇幻作品中、這世上幾乎不可能有的魔力。

姑且不論那個小木盒到底存不存在，霍宇祥連那位「白山石女巫」是否真的存在都不太相信，更何況是魔力。

可是，外婆一直都很相信祖公當年跟她說的故事，也跟霍宇祥說過。要是在這時候出言質疑，她會不會不高興啊？

或許是他內心的想法不自覺地表現在臉上了，外婆看到霍宇祥的表情不太好看，像吃到了什麼苦口良藥，想吐出來又不能吐出來，就知道自家孫子在想什麼了。

「如果你不相信的話，那就自己去看看吧，祥祥。」

「嗯？我自己去嗎？」

外婆點點頭，「是啊，你不是不相信真的有那股魔力嗎？那就由你自己去找出這個答案吧。」

「咦……可是阿嬤，妳不是說那棟樓被政府查封了嗎？」

「但是後來政府查不出結果，就放著不管了。」外婆拍了拍霍宇祥的手，「嗳，在你小的時候，我們不是有一起去台北玩過嗎？那時候有經過一棟樓，我也有跟你說過一些故事，你還記得嗎？」

霍宇祥的眼瞳轉了轉，「……好像……是那樣沒錯。」

「你這個年輕人，記憶力都不比我好！」

霍宇祥看到外婆一臉得意，有點無言地抱怨道：「阿嬤，妳可是過目不忘的人耶，怎麼能拿我這種平凡小廢廢跟妳比呢？」

「嗯？什麼小廢廢？」

「沒事沒事，總之就是我這種平凡人比不過妳的意思。」

外婆沒好氣地瞪了霍宇祥一眼。這個孩子偶爾回來一次，總是會說些她聽不懂的話。

「反正祥祥，阿嬤現在老了，沒辦法再坐那麼遠的車去台北了……你就幫忙找找吧，找看看那個小木盒放在哪裡，裡面又有什麼東西。」

「啊？可是……」

霍宇祥低下頭，有點為難地搔了搔頭。

其實，霍宇祥非常熟悉外婆說的那棟古樓，因為那棟樓就在他的學校附近，所以要找到那棟樓並不困難。而且學校裡也有一些關於那棟樓的傳聞，在學生中傳得很廣。

只不過，那些傳聞都是不好的，聽了總會令人心裡發寒。

就在霍宇祥還在猶豫時，廚房裡傳來媽媽的聲音：

「媽、祥祥，菜都煮好了，快來吃飯了！」

「啊？這麼快就煮好了啊。」外婆的注意力一下子就被吸引了過去，急忙站起身，「我有買菜回來，想煮祥祥愛吃的菜，妳們有沒有煮啊？」

外婆的腿腳不方便，偏偏又走得很急，霍宇祥怕她會跌倒，趕緊上前攙扶她。

「阿嬤，妳走慢一點，別跌倒了！」

「對啊，媽，妳慢慢走。妳說的菜啊，我剛剛看到就知道妳要煮什麼給妳的寶貝孫子吃了，所以都煮好了。」

「唉，應該由我來煮的啊……祥祥喜歡吃我煮的味道。」

只見外婆皺著眉嘆了口氣，霍宇祥忍不住笑了出來。

「阿嬤，我又不是馬上就要回去了~明天！妳還有明天可以煮呢！」

簡單幾句話，霍宇祥就把外婆哄好了，點點頭連聲說：「好好好，明天就換阿嬤煮給你吃！」

祖孫倆和媽媽、阿姨都坐到廚房裡的大圓桌旁，添好飯就各自拿起筷子用餐。

外婆夾的第一口菜，果不其然放進了霍宇祥的碗裡，嘴裡還一邊念道：

「來，這個菜是今天剛摘的，新鮮！你多吃點。」

「好～謝謝阿嬤！」

坐在旁邊的阿姨見狀有點吃醋，半開玩笑地說：「媽～這些可是我辛苦煮的耶，妳都不夾菜給我，都偏心妳孫子！」

「妳都幾歲的人了，還跟自己外甥爭寵啊？要吃什麼自己夾！」

「真的是差別待遇！」

阿姨爭寵的戲碼逗得大家哈哈發笑，餐桌上的氣氛瞬間活絡起來，加上碗筷的清脆碰撞聲，氣氛變得熱鬧非常。

◆

幾天後，霍宇祥從學校附近的捷運站走出來，正要順著人群走向學校時，抬頭看到迪化街的路牌，腳步頓了一下。

上個週末在臺南陪了外婆兩天，大概是因為聽到外婆說那些故事，霍宇祥此刻看到迪化街就莫名想起了那棟樓。

曾讓外婆度過最美好的時光，也讓她留下最大遺憾的那棟樓——蓬萊樓就在那個方向，而那裡頭，有尚未解開的謎題。

嗯……要去看看嗎？反正就在近在眼前，要過去並不難。

可是，他好像聽人家說過那棟樓還在政府的管制下，如果隨便進去被發現了，會不會受到什麼懲罰？

那要等到晚上，夜深人靜的時候過去嗎？但是那棟樓的傳聞可不是只有一個兩個，感覺有點麻煩啊。

「你在這裡做什麼？」

「嚇！」

霍宇祥被突如其來的聲音嚇得整個人跳了起來，驚訝得立刻轉頭看去，只見多年好友站在自己身旁。

「修……修！你幹嘛不出聲地站在這邊啊？嚇死我了！」

霍宇祥一邊說一邊拍著胸口，試圖讓瞬間瘋狂跳動的心臟平靜下來。

眼前這位有著一頭黑髮，中分瀏海半蓋住額頭，輪廓線條銳利的男生，是霍宇祥從高中就認識的好友，名叫蘇誠。

因為他總是一副冷酷的表情及態度，說話又狠毒，讓人不敢隨便靠近，像黑社會大哥，所以周遭的人都叫他蘇哥。但是霍宇祥說話不太標準，從剛認識就常常誤叫為「修哥」。

一開始蘇誠還會逼他改，可是他怎麼樣都改不過來。

對於綽號這種東西，蘇誠其實沒有什麼講究，所以既然改不過來，就隨便他怎麼叫吧！最後甚至因為霍宇祥懶，覺得叫「修哥」太拗口了，乾脆就只叫「修」。

蘇誠對此當然沒有意見，而且他身旁只有霍宇祥會這樣叫，因此一聽就知道是霍宇祥在叫他了。

蘇誠看著他的這副模樣，半框式眼鏡後方的雙眼透出狐疑，並用不帶感情的語氣回答：「我才想問你幹嘛站在路中央呢。你知道嗎？剛才要不是我一出站就看到你，幫你擋掉了一些人，你早就被其他人撞翻了。」

「嗯？咦？」

霍宇祥這時才仔細看了一下自己現在站的位置。

蘇誠說得沒錯，霍宇祥現在就站在距離捷運站出口幾步路的正中央，要是有人低頭走路或是走得比較快，肯定會撞到他。

這確實是自己沒注意到，霍宇祥有點難為情地摸了摸鼻尖，「……謝啦。」

「嗯。不過你剛剛在看什麼，看得那麼入迷？」

蘇誠也看向霍宇祥剛才看得出神的方向。

「喔……沒什麼，我就是……突然想到那邊不是有棟古樓嗎？沒有人住的廢棄古樓。」

「嗯，怎麼了嗎？」

「就是前幾天經過，想起好像聽說過那棟樓的幾個傳聞，突然很好奇而已。」

「突然嗎？」

蘇誠皺起一雙細長的眉，更加狐疑地看著霍宇祥。

大概是因為蘇誠的眼睛細長、眼神銳利，儘管霍宇祥和蘇誠從高中認識到現在，每次被他這樣看著，霍宇祥還是會莫名有種被看穿的感覺，整個人忐忑不安。

霍宇祥又不自覺地搔搔鼻尖。

蘇誠一邊的眉尾挑了挑，但沒有繼續追問下去，轉頭往學校的方向走：「你想知道那棟樓的什麼事？」

話題轉得突然，霍宇祥被問得措手不及，不過也鬆了一口氣，趕緊跟上朋友的腳步：

「也沒什麼，就是想知道到底有什麼傳說而已。」

「要我跟你說說我聽到的嗎？」

「當然好啊！你聽說過什麼傳說嗎？」

「嗯，其實我沒聽說過什麼，畢竟我在系上沒什麼朋友。」

「……」

霍宇祥神情複雜地轉頭看向蘇誠，眼神像在說：我該拿這個人怎麼辦？該不該揍他？

不過蘇誠也不等霍宇祥回應，馬上接著說：「但我在社辦看過以前學長姊的調查筆記，裡面好像有寫到。」

「什麼！你說關於那棟蓬萊樓的嗎？」

霍宇祥不自覺地停下腳步，也一把拉住蘇誠。

「你也太興奮了吧？」

「啊……」霍宇祥像被抓到了馬腳，尷尬地收回手並搔了搔鼻尖，「沒有，我只是……很驚訝我們社團有那種東西而已。」

蘇誠像什麼事都沒發生似的往前走。

「這樣啊。我也是之前社團期中進補時，無聊在社辦裡隨便晃晃才發現的。」

霍宇祥也若無其事地跟上：「原來我們社團出去探險時還會做筆記啊。」

「但我覺得，那比較像探險完之後整理的筆記。那好像是很久以前的了。」

「喔~那也不奇怪，畢竟社長說過，我們社團是在創校當時就創立的老社團啊。」

兩人參加的社團名叫廢墟探險社，主要舉辦的活動一如字面，就是去廢墟探險。

據說創社的理由是因為以前人不像現代有跳舞、看電影或其他的活動及樂趣，能做的事很少，其中一樣當然就是出門走走晃晃。

聽說，廢墟探險社和聯誼社是創校時最熱門的兩個社團，不過隨著時代進步，學生們能做的事、興趣越來越多，這兩個社團就漸漸沒落了。據說最慘的時候，廢墟探險社的社員只有兩個人！但現在網路上莫名吹起了一股探險的風潮，會有些熱愛廢墟探險的學生來加入，所以現在的社員不算少，至少不需要擔心會在幾年內倒閉。

不過，當初霍宇祥和蘇誠兩人會加入探險社，可不是因為喜歡去廢墟探險。只是大一時學校規定一定要加入社團，所以兩人就選了一個看起來最少人參加、最孤單、最冷門的社團加入了。

沒想到現在意外地有幫助呢。霍宇祥在心裡對大一時的自己豎起大拇指。

「不過話說回來，你等一下的課不是在文學大樓嗎？跟我走到這邊來沒關係嗎？」

聽到蘇誠這麼說，霍宇祥這才突然回神，環顧身旁的景色。

兩旁有高大樹木、綠意盎然的這條路是通往理工學院的路，位在學校的最底端，而他要去的文學大樓是在學校的正中央……

「可惡，我怎麼跟你走到這裡來了！離上課時間只剩下不到五分鐘，要遲到了！」

霍宇祥說完，轉身拔腿就往上跑，連招呼都沒打。

蘇誠連忙喊道：「喂，等等中午要一起吃飯嗎？」

「可以！我再傳訊息給你！」

蘇誠露出有點無奈的笑，朝不斷狂奔的背影輕輕揮手，好笑地說：「小心點啊。」

◆

霍宇祥下課時並沒有傳訊息給蘇誠，而是立刻衝到學校最頂端的社辦大樓。

正如其名，許多社團辦公室都集中在這棟大樓裡。廢墟探險社的社辦就在一樓左側走廊的最底端，陽光照不進來，顯得特別陰暗。

牆邊有一堆廢棄桌椅堆疊起來，上面覆蓋著濃密的灰白色蜘蛛網。霍宇祥沒多在意，伸手就探進其中一張桌子的抽屜裡，不出幾秒，手上就多了一把鑰匙。

社辦鑰匙藏匿的地點是他在上課時，傳訊息問社長的。

霍宇祥一打開門，馬上打開所有日光燈，走到一旁的置物櫃翻找。大概是因為創社歷史悠久，社辦裡的公文櫃幾乎占了一整面牆。

霍宇祥上上下下地翻找了一陣子，最後終於在櫃子裡找到了泛黃老舊的筆記本。上面有些字跡已經很模糊了，也因為書皮老舊破損，只能勉強看到「迪」、「蓬」、「筆記」這幾個字。

老舊的紙張容易破碎，霍宇祥動作小心地一頁一頁翻著不厚的筆記本。

裡頭的確寫著幾項與蓬萊樓有關的傳說，例如：怨牌、洋娃娃捉迷藏……但沒有任何一項傳說提到外婆說的那個小木盒，反倒的確有一些傳說提到了魔力、滅門血案、一九五〇年黃家被捕等等。

這麼說來，外婆說的都是真的嗎？關於那個神奇的宴會、魔力、什麼族的女巫？但外婆之前是真的住在這裡，那個小木盒的事有一半的機率是真的吧。

外婆說過，在他們一家人突然被抓之後，除了成功逃出來的外婆，其他家人八成都已經不在這個世上了，而且外婆也沒再回去蓬萊樓過。

霍宇祥咬著唇，直盯著手上的筆記本猶豫不決。

外婆年紀大了，而霍宇祥現在最多只能三個月或半年回去看她一次。明年他就要畢業，要開始準備畢業專題或論文了，要是又忙起來，他根本不曉得下次什麼時候能再去看外婆。

——要趁現在去蓬萊樓看看，多少彌補外婆的遺憾嗎？

姑且不論那棟樓是不是真的有魔力、這些傳說是不是真的，還有能不能穿越到過去，如果能在那棟樓裡找到一些以前留下來的東西，或是真的找到了那個小木盒，外婆肯定會很欣慰、很高興。

「明天去看看吧……？」

霍宇祥刻意把這個想法說出口，還以為這樣能讓自己下定決心，但似乎沒什麼效果。

他沉默地嘆了一口氣，最後甩甩腦袋，試圖把複雜的想法拋出腦外。
總之，先把這本筆記拿回去吧。
先不管用不用得到，他的直覺告訴他，以後說不定會需要這本筆記。
霍宇祥拿著筆記本關掉室內燈，一走出社辦想轉身鎖門，眼角就瞥見一抹模糊的人影。
「嚇！」
霍宇祥嚇得背貼著牆，定睛一看——
「你想嚇死誰啊，修！」
也許是剛才偷偷摸摸地來社辦，心本來就是虛的，隨隨便便一個小動靜都讓霍宇祥嚇得魂不守舍。
「……」
蘇誠靠在社辦入口旁的牆邊，不言不語地看著霍宇祥。
因為做了虧心事，蘇誠不帶笑意的表情和清冷的眼神，此刻看起來特別像在審視犯人，周身的冷氣團彷彿能讓半徑三公尺內的事物都凍結。
霍宇祥不自覺地嚥下一口口水，結結巴巴地再度打破沉默：
「你、你……你站在這裡幹嘛？怎麼感覺你、你在生氣？」
蘇誠這次挑了挑眉，有點不以為地回道：「沒有啊，我有什麼好生氣的？」

「是嗎？」可是你看起來就在生氣啊！

後面那句話霍宇祥沒有說出口，只是動作僵硬地從牆上把身體拔下來。

現在稍微冷靜下來後，他回想了一下剛才自己的反應，突然感覺既尷尬又丟臉。

……我也太不會說謊了！既然做了虧心事，至少要表現得鎮定一點啊！隨隨便便就被嚇到整個人跳起來，還黏在牆上，根本是在自首說：對，我偷拿了以前社長的筆記，還打算偷偷獨自潛入那棟荒宅！

乾脆把「我有祕密」四個字大大地寫在臉上算了！

霍宇祥恨自己不爭氣，用力抹了一把臉，又嘆了一口氣。

不知道蘇誠是沒注意到，還是忽視了霍宇祥哀怨的表情，開口道：「你下課後沒有傳訊息給我，就是為了來找那個筆記嗎？」

蘇誠看了看霍宇祥手上的筆記本，又看向霍宇祥，態度從容中帶著冷峻。

霍宇祥不自覺地將筆記本緊緊抱在懷裡。

「就是……我剛剛也跟你說過，我想了解一下……那棟樓的傳說嘛。」

「所以你明天要去看看，是嗎？」

「嗯？」

霍宇祥原本想問「你為什麼知道？」，但想了想發覺不對，緊急換了一句：

「你從那個時候就在這裡了嗎？」

「我一來就聽到你說這句話了。」

「啊、喔，原來是這樣……」

「阿祥，你為什麼突然對那棟樓這麼感興趣？」

蘇誠一句話就問到了重點，霍宇祥的身體微微僵了一下，下意識地想開口反駁，卻只是張了張嘴，不知道該怎麼回應才好。

這下該怎麼辦呢？該把所有事情一五一十地告訴他，還是要瞞著他呢？

可是這件事牽涉到了魔力——對現代人來說幾乎是幻想的魔力——蘇誠會相信嗎？他聽完之後，會不會覺得自己的腦袋有問題？

那還是省略魔力的事，直接跟他說外婆曾經住在這棟樓，而且外婆一家人就是一九五〇年滅門血案的倖存者？

「……」

霍宇祥的眼神游移，猶豫了幾秒才慢慢張口：

「其實，我是這次回去看過阿嬤，又查了一下那棟樓，才發現到這件事。」他抬眼偷瞄蘇誠的反應，確認對方沒有任何懷疑後接著說：「我阿嬤以前就住在那棟樓，據說在一九五〇年發生的滅門血案——被抓走的就是我阿嬤和家人。」

蘇誠稍微瞪大了眼，有點驚訝。

「然後，我這次回去，阿嬤說她有東西放在那棟樓裡，不知道能不能拿回來……我就是想去幫她拿東西回來。」

霍宇祥說完，抬手搔了搔鼻尖。

蘇誠的眉尾微不可察地動了一下。

「這樣啊……所以你打算明天過去？」

「嗯，不過那裡被政府封鎖了。雖然幾乎沒有人在管，但我覺得我還是趁深夜時過去會比較好。」

「也對，那明天晚上十點半在那棟樓的門口集合吧？」

「嗯？」霍宇祥懷疑自己聽錯了，「你……你也要來嗎？」

蘇誠理所當然地點了一下頭，「那當然，不然你打算自己去嗎？」

「呃，我原本是這樣打算的沒錯，畢竟是要去找我阿嬤的東西……」

蘇誠舉起一隻手，示意霍宇祥別說了。

「霍宇祥，你是不是忘記社團的規定了？」

「什麼規定？」

「前往廢墟探險時，必須結伴同行，禁止單獨行動。」

「唔！」

對喔，我都忘記了。霍宇祥煩惱地皺起眉。

「所以我們一起去吧，也比較不會有危險。」

不管怎麼想都是蘇誠說的比較有道理，因此霍宇祥有點勉為其難地說：「那……好吧，一起去——」

「你們要去哪裡？」

突然有道活潑的女聲插進兩人的對話，蘇誠和霍宇祥都疑惑地轉頭看去。

一名黑色鮑伯頭、身材纖細苗挑的白皙女孩從蘇誠的背後探出頭，水靈靈的大眼看了看蘇誠又看了看霍宇祥，臉上寫著大大的「好奇」兩個字。

又一個令人意外的人出現了。

「三水？妳怎麼會來這裡？」霍宇祥問道。

三水是這女孩的綽號。她的本名叫江沂，兩個字都有三點水，所以大家都這麼叫她。她與霍宇祥他們是探險社為數不多的老社員，所以要說不熟也不是，可是也沒有熟到哪裡去，至少不比霍宇祥和蘇誠的關係親密。

三水跨出大長腿，一步挪到霍宇祥兩人中間，嘿嘿笑道：「因為社辦這邊很安靜，我沒事時都會來借用社辦畫畫，比較能專注。」

「這樣啊。」

「所以你們剛才說要一起去哪裡？」

「……」

「……」

因為這次想去那棟樓的人是霍宇祥，蘇誠不敢隨便透漏訊息或邀人，只沉默地看向霍宇祥。

霍宇祥也僵硬地轉頭看著蘇誠，眼神裡透露出不知道該怎麼辦的迷惘。

三水則面帶微笑地左看看霍宇祥，右看看蘇誠，滿臉好奇。

這時，她靈動的大眼看到霍宇祥抱在懷裡的老舊筆記本，又歪著頭問：

「這是什麼？感覺很舊了，是筆記本嗎？」

「啊！這個……沒什麼……」

霍宇祥手忙腳亂地想把筆記本藏到身後，可是不知道怎麼搞的，「啪」一聲——筆記本掉到了三人中間，還翻開了。

只要低下頭，三人都能清楚地看到泛黃的紙張上，印著「民間傳說——自燃的火光」的標題。

「嗯？」

三水蹲下身撿起筆記本。

霍宇祥生無可戀地閉上眼，暗嘆了一口氣。蘇誠則看著這樣的他，很無奈地搖了搖頭。

——真的笨手笨腳的！怎麼可以笨到這種地步啊。

當霍宇祥暗罵自己時，三水翻開筆記本，一邊看還一邊說：「這好像是不知道第幾任社長的調查筆記……紀錄在裡面的傳說都和學校附近的廢棄古樓有關呢。」

蘇誠這時才開口：「三水，妳知道那棟樓嗎？」

「當然，從我們剛入學，大家就傳得沸沸揚揚了，更何況現在我們都三年級了。你們不知道嗎？」

霍宇祥點點頭又搖搖頭，「好像的確有聽過……但我幾乎不記得了。」

蘇誠則聳聳肩，「我不關心這種事。」

「唉，你們兩個是邊緣人嗎？」

一下被戳中痛處，蘇誠和霍宇祥都閉上嘴不說話了，三水憐憫地拍拍兩人的肩膀。

「沒關係、沒關係，兩位先生，邊緣人不是罪，也不是你們的錯，而且至少！你們還有我這個朋友！」

「……」

「……」

那真是謝謝妳了。
蘇誠不著痕跡地撥開三水的手，「三水，那我們先走——」
「對了，你們還沒吃午餐吧？不如我們現在一起去吃飯，我一邊吃一邊告訴你們那棟樓的傳說吧！」
三水自顧自地說完，也不等兩人回應就一手一個，把兩人拉走。
霍宇祥略帶驚訝地瞪大了眼，「咦？可是妳不是要來社辦畫畫的嗎？」
「哎呦，那是因為我今天下午沒事，想來這裡多畫幾幅作品，但是我朋友——你們不是有事嗎？」三水拍了拍她單薄的胸口，「你們需要幫助、想知道那棟古樓的事，那我這個當朋友的不能不幫啊！走吧，我們去學餐吃飯！」
「噯，不是，三水，這樣太麻煩妳了！」霍宇祥急忙說道。
「不麻煩、不麻煩！別說這麼見外的話！」
「我才沒有見外！」
「……」
相較於拚命掙扎的霍宇祥，蘇誠一臉淡漠地不發一語，任由三水拖著自己走，然後偶爾偷偷瞪霍宇祥一眼。
唉，這傢伙真的是……

三人來到不遠處的學餐，各自買好午餐就找了一處空位坐下。

三水用湯匙攪了攪熱氣蒸騰的粥散熱，馬上直奔主題：

「以前我聽學長姊說，那棟樓以前是棟酒樓，之所以會荒廢，是被政府查封了。但沒有人知道政府查封的理由，所以這部分有很多種說法，有人說是那棟樓裡有沒被發現的寶藏，還有那棟樓有魔力，還有人說什麼……那棟樓會舉辦什麼危險的法會？」三水將細長漂亮的食指抵在粉嫩的唇上，想了想後道，「總之，目前還沒有人知道真正的原因，但就是因為這樣，這棟樓才會留下那麼多傳說。」

霍宇祥咬了咬青菜，「那妳知道的那些傳說，都在這本筆記裡面嗎？」

「嗯～我看看。」

三水拿過筆記本來翻看，仔細想了想：「我反倒都沒聽過筆記裡寫的這些傳說呢。」

「嗯？那妳聽到的是什麼？」

「例如，有人在半夜經過那棟古樓時，曾看到裡面有人影在走動。還有，聽說有人進去那棟樓探險，回去之後就變得很倒楣，或是身體不適卻找不到病因，所以很多人說那裡面住著冤魂，要是擅闖進那棟樓就會受到詛咒。」

「冤魂啊……」

「嗯。啊，這裡有寫到呢。」

三水攤開筆記本，翻到「民間傳說——鏡中鬼」的頁面，指著下方的筆記內容。

「傳說有冤魂滯留並穿梭在蓬萊樓的鏡子內……」蘇誠看著上頭的文字低喃出聲，隨後皺起眉，「看來那棟樓不是普通的廢墟呢。」

「嗯？什麼？你們以為那是普通的廢墟，想過去看看嗎？」

「唔！」

霍宇祥剛嚥下去的飯差點噴出來。

蘇誠將手邊的水放到他面前，一臉淡定地回應，「我們沒有說要去啊。」

「那你們怎麼突然想知道這些事情？」

「……」

這段對話好像似曾相識，只不過剛才被問倒的人是霍宇祥，現在換成了蘇誠。

空氣突然沉默。

霍宇祥喝了一口水，呼吸順暢後看向身旁的蘇誠，蘇誠也看向他。

雖然蘇誠的表情看起來沒有一絲變化，不過霍宇祥看到他抿起的嘴唇正在微微顫抖，就知道他慌了。因此他愧疚地呵呵乾笑了幾聲，決定自己的鍋還是由自己來揹。

「三水，是我說想去那棟樓看看的。」

三水將視線轉向霍宇祥，不解地搧動長長的睫毛，「為什麼？」

「因為我阿嬷以前也住在這附近，她的朋友就是原本住在那裡的黃家人。但是她們全家在某天突然被抓走，她們從此就失去了聯繫。」霍宇祥搔搔鼻尖，「我阿嬷說，她和她朋友原本有友情信物，可是因為朋友突然被消失，所以信物也被留在那棟樓裡……現在老了，她想找回那個信物，好好紀念那個朋友。」

「喔～是這樣啊。啊，那會不會是跟這裡的洋娃娃傳說有關？」

三水對霍宇祥的解釋毫不懷疑，馬上專注地低頭研究她說的洋娃娃傳說。

蘇誠趁這時將霍宇祥的手拉下來，稍微湊到他耳邊說：

「你知道你說謊時會一直搔鼻尖嗎？」

「嗯？」

霍宇祥又驚又疑地瞪大眼，看向蘇誠。

只見蘇誠微笑地拍拍他的手背，「所以別搔了，都被你搔紅了。」

但危機還沒結束！

三水不知道有沒有研究出結果，喝了一口粥後又道：「那我也要跟你們一起去！」

「咦？」

「……？」

面對霍宇祥兩人懷疑的目光，三水喝下一匙粥。

「我也要去啊。這麼好玩的事，你們該不會想自己去吧？」

蘇誠：嗯，我們就這麼想的。

霍宇祥：我原本還打算自己去呢。

當霍宇祥兩人還不曉得該怎麼回應時，又一個低沉的男聲從一旁傳來。

「什麼好玩的事？我也要聽！」

三人循聲望去，一個身高接近一百九十公分、肌膚黝黑的平頭男孩端著餐盤走來，並且沒問過在座的三人，就坐上三水身旁的最後一個空位，滿臉興奮地輪流看著三人。

霍宇祥還以為自己看到了一隻狗。

「高暘！你也一起來吧？蘇誠他們說要去學校附近的那棟廢棄古宅探險！」三水興奮地一邊拍著高暘的手臂，一邊說道。

綽號高暘的男孩本名叫高峻暘，是體育系的學生，因為長期在陽光下訓練，皮膚是會發光的黑褐色，並且身材健壯，就如名字一般，十分陽光。不過與他的氣質相反，他特別喜歡恐怖、靈異及陰森的東西，所以加入了廢墟探險社，並認識霍宇祥等人。

高暘聽到三水這麼說，不假思索地點頭：「什麼！那當然好啊！什麼時候要去？」

「你先等等，高暘！」霍宇祥將手伸到高暘面前，壓制住他高漲的情緒，「你不是住校嗎？你要去的話，我可不知道能不能在宿舍門禁前回來，你可能會進不了宿舍喔！」

「哎呦～霍祥祥同學，我們都是朋友了～如果進不了宿舍，就讓我去住你家嘍！」

「啊？我、我不是在外租房子，是跟我爸媽住耶！」

「那也沒關係！我還有蘇小誠～」高暘轉向蘇誠，對蘇誠挑挑下巴，「對吧，蘇哥？」

「……我可以拒絕嗎？」

蘇誠一直是個喜歡獨處、需要安靜和個人空間的人，到目前為止除了最熟悉的霍宇祥，還沒有人在他家留宿過，所以聽到高暘這麼說，他光想像就泛起了雞皮疙瘩。

「高暘，你就放過修吧。還有，你早上不是都要晨練嗎？」

「嘿！所以我才覺得剛剛好，因為我現在放假，不用早起訓練喔！可以出去玩！」

高暘咧嘴笑起，露出一口白牙，差點閃瞎了霍宇祥的眼。

「這麼剛好啊……」

霍宇祥眼神死地說完，蘇誠扶著頭嘆了一口氣：「唉……」

這次的探險團好像越來越大了……

然而，老天似乎覺得事情還鬧得不夠大，又有一個打扮時髦、身高中等的可愛女孩走過來，站在蘇誠身旁囁聲地說：「那個……我、我也可以跟你們一起去嗎？」

霍宇祥抬頭看向那個女孩，看到是自家直屬學妹，覺得自己完全沒希望了。

「黎葳，我、我們可是要去學校附近的那棟古樓喔！聽說有冤魂住在裡面喔！」

名叫黎葳的女孩驚訝地往後彈了一些，但一雙畫著無辜眼妝的雙眼偷瞥了蘇誠幾眼，雙頰浮現淡淡緋紅，猶豫了幾秒還是點點頭。

「我、我還是想去！」

霍宇祥真想轉頭就往牆上撞，昏倒就當作沒這回事了。

今天真不是他的日子……

【第二章】

菊花木牌

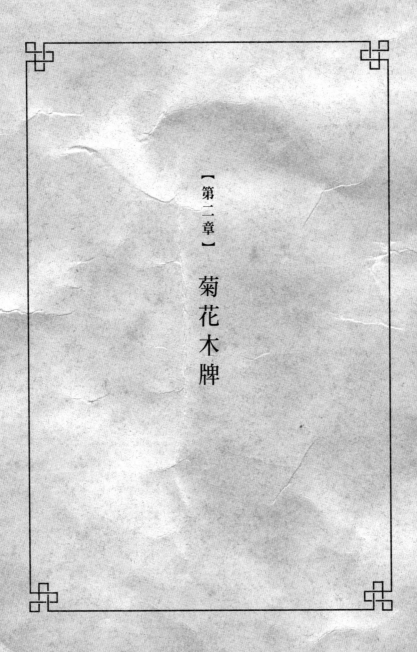

隔天深夜，蓬萊樓旁的路口——

霍宇祥一身輕便地站在牆邊，不斷看著手錶，而蘇誠斜靠在紅磚牆上，手裡的手電筒被丟起來又落到手中，裡面的電池弄出喀喀聲響。

一旁的三水和高暘或許是等得太無聊了，高暘開始把三水當重物揹著，練起大腿肌。

蘇誠覺得右腳都快站到麻掉了，把重心換到左腳，並看向霍宇祥：「霍學長……你學妹確定會來嗎？都遲到十分鐘了。」

「我剛剛出門前還有傳訊息問她，她說會啊……」

霍宇祥搔搔頭，表情著急中帶著一點不耐煩。

他又探頭往一旁看，依舊沒看到人影。不久後他終於下定決心，拿出手機要打電話時，身後就傳來喀喀的高跟鞋聲。

所有人轉頭看去，一個女孩穿著高跟短靴跑過來，身上的粉色連身洋裝隨著風飄起，裙襬飄揚。

三水的身體稍稍往高暘靠過去，高暘見狀也低下頭，將耳朵送到她的嘴邊。

「這孩子卯足了幹勁呢。」

高暘微微歪過頭，「什麼？」

「看看她那身洋裝和高跟鞋，感覺不像是來參加探險，反而像是要去約會的。還有，她臉上的妝精緻得不得了，哪像是晚上十點半應該有的模樣，目標明確得很啊。」

「咦？她有目標嗎？在我們裡面嗎？」

「唉，你看不出來嗎？」三水搖搖頭嘆氣，用下巴指了指蘇誠，「蘇哥啊。你沒看到她的視線一直看著他嗎？」

高暘瞬間露出驚訝的表情，語帶讚嘆地說：「哇~妳的觀察力真的很不得了耶，這樣妳都看得出來？」

「哎呦，這沒那麼了不起，大部分的女生都看得出來啦！」

三水無奈地白了他一眼，目光順勢往下看著自己穿的運動鞋，不自覺地往後縮，也偷瞥了蘇誠一眼。

蘇誠正面無表情地靠在霍宇祥身旁的牆上，雖然黎葳的目光一直在他身上，但他本人倒是連一個眼神都沒給。

「黎葳，妳怎麼那麼晚來啊？」

聽到霍宇祥這樣問，黎葳面露嬌羞地低下頭：「我晚上去髮廊做造型，結果造型師幫我用到太晚了。」

尾音剛落，身旁就傳來蘇誠的嘆息聲。

霍宇祥用手肘頂了頂蘇誠，之後低頭看手錶，像要掩蓋尷尬似的快速說道：「既然大家都到了，我們趕快進去吧。」

「等一下。」蘇誠一把抓住急著進去的霍宇祥，「社長不是有傳注意事項給你嗎？在進去之前跟大家說吧！」

「喔，對喔！」

霍宇祥拿出手機，點了幾下後續道，「因為這次要探險的這棟蓬萊樓有詛咒和鬧鬼的傳說，社長說，還是有一些民俗禁忌和規定要遵守，會比較安全。第一，不要叫本名，要取綽號；第二，不要碰對方的肩膀；第三，不要尖叫，會引起混亂；第四，聽到背後有人叫你的本名時，不要回頭。第五，安全優先。」

「第一點沒問題，我們都有綽號了。」高暘點點頭說。

不過黎葳舉起手，「那個……除了學長和蘇學長，我還不曉得兩位學長姊的名字。」

差點忘了這件事，因為黎葳來參加社團活動時都跟著蘇誠，幾乎不認識其他社員，也不曾主動去和別人說話。

「黎葳，這位叫三水，是美術系三年級的學姊。然後這位學長是高暘，體育系的學生，一樣是三年級。」

霍宇祥介紹完，黎葳對兩人輕點一下頭，「好的。學長、學姊，叫我葳葳就好了。」

「喔，好！妳好啊。」

高暘精氣十足地笑著說，將五指併攏，在額邊揮了一下。

三水則微笑地點點頭，「學妹妳好，等等害怕的話，可以依靠這位學長喔！」

說著，她抬手就往高暘壯碩的手臂拍了一下。

不過黎葳有點尷尬地乾笑幾聲，又瞄向蘇誠，「呵呵，好的……謝謝。」

蘇誠完全忽視掉小學妹送來的視線，轉身走向荒宅，「那我們走吧。」

「蘇學長，等等，我會害怕，讓我牽著你吧！」

黎葳小碎步地跑到蘇誠身旁，毫不害躁地想伸手摟住他的手臂，但是蘇誠不著痕跡地轉換方向，從霍宇祥的左邊走到右邊，然後用手電筒照亮蓬萊樓的正面大門，上面有個老舊的鎖。

「喔，門鎖著呢，我先試試看要怎麼開鎖吧。」

蘇誠的語氣像機器人一般僵硬，聽得出來完全不帶感情。

在後面完整看到這一段的三水忍不住輕笑出聲，但黎葳沒有聽到。

站在正門前，三水抬起頭詳端整棟大樓的外觀，忍不住驚嘆道：

「哇～這棟樓真的看得出來很久了，上面的痕跡根本美呆了！」

高暘不解地看著三水，也試著抬頭看著蓬萊樓，然後半是傻眼地說，「三水，妳的喜好真的很特別耶……」

「噯，你知道嗎？有人說，建築在建成的過程中是最美的，但是我覺得，建築在頹敗、將要倒下卻死命撐著的模樣，才是最美的。」

「喔，我記得妳就是因為這樣才加入社團的吧？」

「沒錯！至今為止，我去過的每個廢墟都有不同的美！」

高暘不懂三水的美感到底是什麼概念，但還是體貼地笑了笑回應。

另一邊，對兩人的話題完全沒興趣的霍宇祥看向正躍躍欲試的蘇誠。

「修，你可以嗎？」

「先試試看。」

蘇誠說完，從身上的小包包裡拿出一根鐵絲，單膝跪到門鎖前研究。

「哇靠，蘇哥，你都準備好了啊？」高暘驚訝道。

「以防萬一啊。」

其實昨天說好要來探險後，蘇誠獨自來周遭探勘過一次，知道正門上有一個掛鎖，所以先上網查了一下簡易打開的方式。

只見蘇誠將鐵絲插進鎖孔，手部稍微動了動。不出幾秒，喀嚓一聲，掛鎖就打開了。

「我的天啊，真的打開了！蘇哥，你的前途無可限量啊！」
高暘一下沒忍住大喊出聲，被三水和霍宇祥先後拍了一掌，趕緊摀住嘴巴。
三水發狠道：「小聲點啦，會被發現！」
「抱歉抱歉，我記住了，要小聲點！」
突如其來的鬧劇稍微舒緩了一行人的緊張情緒，腳步也沒那麼沉重了。
蘇誠把鎖頭拿掉，輕輕一推。
嘰——
古老的木門伴隨著聲音敞開。
「那麼……要進去嘍。」
五人你看我，我看你，對彼此點了點頭。
霍宇祥帶頭走在最前面，率先踏入漆黑的古樓。
現在明明還是盛夏，外頭的氣溫最高可達到三十六度，連晚上也有三十度左右，但不知道是不是錯覺，霍宇祥一踏入室內，就覺得有股寒意從腳底竄至頭頂，甚至起了雞皮疙瘩。
他不曉得其他人是不是也有同樣的感覺，不過，總覺得不要提起這件事會比較好。
霍宇祥故作鎮定地打開手電筒，照亮一小塊區域。
這一塊區域不曉得是用來做什麼的，除了左手邊有一張木製書桌之外，就沒有其他東西了。霍宇祥用燈光照亮書桌，桌面上散亂著幾本古老的書，不過書頁嚴重泛黃，有幾頁像被人撕掉似的散落在桌面上。

五人都沒有多加在意那張書桌，把手電筒往前方照去。

眼前有一大片從天花板垂下來的紅色布料，似乎是絲綢。這片布料完全將後面的空間遮住，彷彿是刻意將現在所在的這個區域與後方做出區隔，而且看不出來哪裡有入口能繼續往前。

「各位，這邊！」

不知道該不該說三水膽大，她好像完全不害怕。她小聲地提醒其他同伴之後，不等大家反應過來，一把掀開布料就鑽了進去。

「三水，妳別走那麼快，我們要一起行動啊！」

霍宇祥趕緊跟了上去。

布幔後面是一片狼藉。室內的正中央有一張沉重的古老木頭圓桌，上面有許多碗筷、杯具，有的側倒著，有的完全倒扣了過來。

圓桌邊，木製椅凳翻倒在四處，霍宇祥小心地跨過其中一張凳子往右走，看到右手邊的牆邊有個櫃子完全躺在地面上。裡頭的抽屜有些敞開著，有些被完全拉出來，丟在一旁。

再往內走去，還有一個類似古老藥櫃的櫃子靠牆擺著，上頭的許多抽屜也和另一個櫃子一樣，幾乎沒有一個抽屜躲過摧殘。

「這是……被人翻找過的痕跡吧。」站在霍宇祥身旁的蘇誠也看著那兩個櫃子低聲道。

「嗯，畢竟聽說這裡最後是被政府查封的。」

從這片凌亂不堪的景象來看，能想像到當時進來搜查的警察有多凶狠，動作何其粗魯。

兩人觀察了一下這個櫃子，想轉身走過去時，蘇誠發現有個東西就在霍宇祥的頭旁邊，差一點就要撞上去。他趕緊抓住霍宇祥的手腕並往自己身前拉，同時將手電筒往物體所在的地方照。

蘇誠和三水的手電筒同時照上那個物體，讓五人看清楚那究竟是什麼。

「繩子嗎？」

就在屋內的深處，有一條繩子從梁柱上延伸下來，尾端是個套圈，上頭空無一物。

剛才霍宇祥差點撞到的就是那條繩子，但是，那看起來像要用來做很糟糕的事。如果上面沒有東西，那大概就是在腳邊了。

幾人都想到了同一件事，手電筒不約而同地往地上照去，但只看到一套滿是灰塵、骯髒無比的衣服攤開在地，五人頓時都鬆了一口氣。

「嚇死我了……我還以為會看到什麼骨頭或屍體。」

「嚇！」

高暘剛說完，黎葳立刻倒抽了一口氣，害怕地用雙手摀住自己的嘴，還問：

「你、你們之前真的看過……屍體嗎？」

三水搖搖頭，「我們是沒看過啦，但是聽說之前有學長姊遇過。」

「不過，這套衣服感覺不像碰巧掉在這裡的。」

蘇誠看了看繩子，又看了看掉在地上的髒衣服。

眾人頓時理解了他的意思。

「你、你是說，可能真的有人在這裡自殺？」平常什麼都不怕的高暘此時聲音發顫，支支吾吾地問。

三水也又怕又疑惑地看著地上的衣服說：「可是，這裡沒有屍體或骨頭啊……」

霍宇祥也忍不住問了一句：「那麼，這裡有冤魂的傳言會是真的嗎？」

「天曉得。」蘇誠聳聳肩。

在其他人眼裡看來蘇誠格外冷靜，但是霍宇祥從手腕處能感覺到蘇誠的手抓得死緊，甚至在微微發抖。

忽然，黎葳一把推開霍宇祥，想擠到蘇誠的懷裡，嗲著聲音說：「學長，這裡好可怕！我們回去吧！」

蘇誠緊皺起眉，低頭瞪了黎葳，抓著霍宇祥的手也沒有打算放手的意思，直接往後退一步，對霍宇祥說：「阿祥，你走前面吧。」

霍宇祥這時才回過神，愣愣地點點頭，「喔……好。」

霍宇祥向前走時，手電筒隨意照過。

那套骯髒的衣服似乎是件制服，上頭縫著名牌，而且胸前口袋裡還有一本小本子。

他忽然彎下身，伸手拿出那本本子，惹得其他四人低聲驚呼。本來就抓著霍宇祥手腕的蘇誠更用力一扯，將霍宇祥扯回自己身旁。

「阿祥，你幹什麼？如果那是不能拿的東西怎麼辦！」

「就是啊，學長！」黎葳也附和道。

「但我已經拿了，來不及了。」

霍宇祥晃了晃手裡的小本子，一臉無所畏懼。

而且當他抽出小本子時，還傳來輕微的「喀喀」兩聲——有兩個木牌一併從胸前口袋掉了出來。

霍宇祥一手舉著手電筒，一手大略翻開小本子，裡面有幾頁寫得滿滿的。他翻到有寫字的最後一頁，上面這麼寫著：

『任務來得措手不及，警隊二十餘人於今夜撬開蓬萊樓大門，查緝黃家人。

東盛在大廳試圖阻擋警察，奮力的掙扎讓碗筷碎了一地；朱大跪在角落的甕前，誠心祈求他所膜拜的神能展現奇蹟，拯救自己；思言抱著洋娃娃想把自己藏起來，她那小身子劇烈顫抖到連衣櫥都發出了聲響；麻布頭套粗魯地照在熟睡中的思義臉上，他近乎窒息的喘氣聲聽起來如悲鳴般刺耳；槍托無情地重擊小蘭的後頸，梳子與髮簪從她無力的手上滑落；被制伏於廚房地板上的馬賽無聲嘆息，彷彿早已料到了事情會發生。

才一轉眼，這個家庭碎了一地，當時的我，全身顫抖地握著傘，佇立在滂沱大雨中，只能無助地叫喊著，眼看悲劇發生卻無力阻止……

如今收到這個東西，六月菊……究竟是想跟我說什麼呢？』

霍宇祥看到「思言」兩個字時，心臟猛然跳了一下。

他記得外婆的名字就叫黃思言。這麼說來，穿著這身制服的人認識外婆一家人……？

霍宇祥的視線一轉，將小本子交給蘇誠，蹲到制服旁，照亮上面的名牌。

「學長？」

「阿祥，你怎麼了？」

兩個女孩看到他的舉動，嚇得往後退了幾步，先後問道。

蘇誠低頭看起小本子寫的內容，這時霍宇祥輕輕將制服的名牌拉平整，勉強看清了三個字，「吳正男……看他的制服，應該是個警察。」
「嗯，這個本子應該是他的日記。」快速看完內容的蘇誠道。
「喔，但是這個人……跟我們今天來的目的應該無關吧？」黎葳語帶哭腔地說，又靠向蘇誠，但又被蘇誠冰冷地躲掉了。
她現在非常後悔跟來這裡。她還以為這是普通的探險，隨便走走就好，會自願參加是想趁機跟蘇誠拉近距離，可是誰知道，竟然一進來就發現疑似有人自殺的現場，直屬學長還毫不畏懼地拿起那件制服裡的東西……最可恨的是，蘇誠對她的攻勢根本無動於衷。
她的下唇被咬得死白。
此時，霍宇祥伸手拿起剛才也從胸前口袋掉出來的兩個長方形木牌。木牌的正面刻著一朵菊花，背面則刻著名字，一個刻著吳正男，一個刻著黃東盛。而且，黃東盛的木牌和另一個有點不同，正面的菊花下面還刻了六句成語。
他想起本子上也寫到了六月菊。
「這上面刻的，就是他說的六月菊嗎？遮風避雨、歲歲平安、步步高升……這是什麼意思？」
聞言，除了直縮在蘇誠背後的黎葳，其他三人都湊到霍宇祥身旁，看著那張木牌。
「這是……祝福的成語嗎？」三水說。

霍宇祥聳聳肩，「但是另一個木牌上沒有。」

「本子上是有提到六月菊，但是沒有提到這些成語。」蘇誠將小本子遞給高暘和三水兩人，「依照日記的內容來想，他應該也是後來才收到這兩個木牌的。」

「那就代表連這位警察叔叔……」

高暘覺得稱呼為「叔叔」似乎有點不對，因此頓了一下，但馬上就不想管那麼多了，續道：「這位警察先生也不曉得這上面的成語是什麼意思吧。」

的確，那篇文章的最後有寫到「如今收到這個東西，六月菊……究竟是想跟我說什麼呢？」，代表他也不曉得這兩個木牌的意義。可是，其中一個木牌上又刻著他的名字？

一直默不出聲的霍宇祥抿抿唇，看著手中的木牌說：「我們先把這兩個木牌留著吧，說不定等等就會知道這個木牌有什麼意義了。」

此話一出，立刻引來眾人或驚訝或狐疑的目光。

「什麼？」三水驚呼出聲。

「咦？」高暘呆愣地看著霍宇祥。

「學長，你瘋了嗎！」黎葳語帶責怪。

唯一沒說話的蘇誠，直盯著霍宇祥若有所思的側臉。

霍宇祥說，他會想來這棟古樓探險，是為了尋找外婆遺留在這裡的東西。而在一九五〇年代被抓走的蓬萊樓樓主黃家一家人，當年遭遇到的情形或許就像小本子裡寫的一樣，既悽慘又凶殘。

對霍宇祥來說，那畢竟是曾祖父一家人經歷過的事，會特別有感觸，蘇誠也能理解。可是他總覺得霍宇祥有什麼事沒有坦白——蘇誠記得每次談及這件事時，霍宇祥都會無意識地搔了搔鼻子，代表他在說謊。

那麼，他究竟隱瞞著什麼？他真正想找的，或許不只是外婆的東西？

但即便他對好友有所懷疑，蘇誠仍沒有說什麼，只想在身旁看看他到底想做什麼。

這時，霍宇祥晃了晃手中的木牌回道：

「我們都來了，我想走到最後，看看這裡之前到底發生了什麼事。還有，」霍宇祥從包包裡拿出老舊的社團調查筆記，「寫在這裡面的傳說，我們都還沒解開半個。好不容易進來了，就這樣出去的話，我覺得很可惜。」

「但這裡……根本跟我們想的不一樣啊！」黎葳緊緊抓著蘇誠的衣服，害怕地抗議。

蘇誠默默地將衣服抽出來。

「是那樣沒錯，但我想繼續走下去。」霍宇祥將木牌和小本子放進褲子口袋，利用手電筒微弱的燈光看了看身旁的四人：「你們如果現在就想回去了，那就先回去吧。我自己一個人沒問題。」

當三水、高暘和黎葳互看時，蘇誠想也沒想地默默站到霍宇祥的身旁，「我跟你一起走吧。」

「蘇學長……」

黎葳似乎有什麼話想說，手都伸到半空中了，最後還是收回去。

至於三水和高暘，兩人之前也曾參加過許多次社團舉辦的廢墟探險活動，這點程度對他們來說還不算什麼，因此三水先點了點頭，「我也要繼續走下去。」

高暘也跟著附和，「我也是。」

「啊？你們……」

黎葳原本以為剛才也很害怕的三水會選擇退出，那她也可以順勢跟著一起離開，但是三水居然想繼續走下去，完全出乎她的意料。

現在才剛走進這棟荒宅不久，要離開很簡單，可是這次是她自願來參加的，雖然目的和大家不同，但就這樣離開的話，說不定會讓蘇誠學長有個糟糕的印象，例如那個愛嘴硬的學妹，或者愛哭又愛跟的嬌嬌女。

黎葳咬了咬下唇，最終點了點頭。

「那……走吧。」

確定了大家的想法之後，霍宇祥繼續帶頭往前走。

他照亮還沒看過的室內左邊，看到一道木樓梯十分陡峭地往上延伸。

這時，不知道從哪裡突然傳來了喀喀聲，五人都不約而同地縮了一下肩膀，往應該是聲音來源的天花板看去。

「那個聲音該不會是從樓上傳來的吧？」

高暘的尾音剛落，馬上又傳來「喀喀」兩聲！

一時間沒有人說話，五人都僵在原地，一動也不敢動，室內只剩下一片寧靜。

——喀喀！

這次聽到的聲音格外清晰，讓五人都顫了一下。其中屬黎葳的反應最大，幾乎整個人跳了起來，雙手緊緊摀著耳朵靠著蘇誠，只差一點就要哭了。

她更後悔跟來這裡了，只能顫著聲音提議：「這裡有東西啦……我們要不要回去了？」

但其他四人依舊沒有回應，霍宇祥更用手電筒照亮眼前的樓梯，又環視其他四人一圈，

「……上去看看嗎？」

雖然語帶疑問，但他已邁開了腳步。蘇誠、三水及高暘都默默地跟上。

見到其他四人還是不聽勸，黎葳心裡生出了幾分不滿。一方面覺得這群人真的固執又不怕死，怎麼說都不聽勸！一方面是看到蘇誠對害怕的自己沒有任何反應，甚至連看都不看一眼，心裡又惱又氣。

她可是系上出了名的美女！長得可愛，說話又溫柔，幾乎所有男生看到她就會湧起保護欲，更何況是在這種狀況下……她就不相信喜歡女生的男人會對她沒興趣！

不甘心勝過了恐懼，黎葳半是不甘，半是賭氣地咬牙跟了上去。

但她沒發現，蘇誠的目光始終都跟著霍宇祥。

古早的木樓梯很陡，木板都被歲月侵蝕，表面斑駁，甚至被啃出了幾個洞，能穿過洞窺見樓梯底下的景象，踩上去時還會發出吱嘎聲。

帶頭的霍宇祥手腳併用地往上爬，跟著他的蘇誠則用嘴咬著手電筒，同樣一手一腳慢慢地爬上去。

忽然間，霍宇祥一時沒有踩好，腳被階梯絆了一下。

「啊！」

他在心裡暗叫不好，還以為下一秒就會有痛感傳來，但一隻手穩穩地托住了他，他才沒滑下樓梯。

霍宇祥大口喘了口氣，同時往後面看，「呼……修，謝了。」

「嗯，你小心點。」

霍宇祥更小心地慢慢往上爬，大約只有十階的階梯，硬是爬了快三分鐘。期間，不知從哪裡傳來的喀喀聲仍不斷傳來，或許這也是拖慢他腳步的原因。

樓梯的頂端上有一扇門，與一樓地板平行。木製的門閂已經腐朽，幾乎不具任何作用，霍宇祥還是拉開門閂，伸出一隻手想推開門。

但是木門還比想像的還重，他還必須用一隻手扶著階梯才能穩住身體，因此霍宇祥轉頭向蘇誠求救。最後是兩人各伸出一隻手，一口氣將木門往上推開。

木門「匡啷！」一聲巨響，撞到二樓的牆，大大敞開。

空氣中瞬間盈滿了灰塵，用手電筒往前照去，都能看見滿滿的細小光點在空中飄盪。別說是在最前頭的霍宇祥和蘇誠了，連後面的三人都被嗆得連連咳嗽，霍宇祥和蘇誠兩人更覺得自己滿頭滿身都沾滿了灰塵，不僅咳得厲害，眼睛也被刺得發癢。

兩人不斷擺手，揮開空氣中的灰塵，走上二樓後也趕緊拍拍全身，把灰塵都拍掉。

等五人都來到二樓，霍宇祥往前一看，突然發現走廊的最盡頭有微弱的紅光。

他皺起眉，將手電筒照去。

「那是……火光嗎？」

其他四人聞言，馬上看向他照亮的方向。

——喀喀！

變得更清晰的喀喀聲又傳來。

這次大家都聽出聲音是從哪裡傳來的了。

三水吞了一口口水，「聲音也是從那裡傳來的……」

膽大的霍宇祥慢慢往前走，帶頭走進走廊盡頭的空間。

這個空間十分寬廣，但裡頭一片雜亂。一走進來，就能看到許多櫃子東倒西歪，還有碎裂的碗盤。但霍宇祥無法在意那麼多，立刻轉頭看向左邊——兩座水泥蓋的古灶靠在牆邊，而最角落的那座灶內正在燃燒。

木柴被火紅的火焰燒著，卻不見減少任何一點，並發出一聲「喀喀」聲。

「看來就是這裡了？」高暘問。

五人看著那詭異的灶火，身上都泛起了一層雞皮疙瘩，黎葳更完全貼到蘇誠的背上。

不過蘇誠的腦袋沒有完全停擺，還剩下一點理性，瞬間就想到那本筆記裡寫到的傳說。

「自燃的火光……這是筆記裡提到的傳說吧？」

聞言，霍宇祥立刻回過神，將筆記拿出來翻看，找到了「自燃的火光」。

「上面說『點起爐灶的火焰可能會引來冤魂』……」

「不行！」

霍宇祥還沒說完，站在後方的黎葳立刻伸出手想搶走筆記本。

如果不是站在她身後的高暘馬上做出反射動作，一把拉住她，否則那本筆記早就被她撕破了。

「學妹，妳做什麼！」

下一秒三水也反應過來，立刻側身擋在黎葳面前，厲聲問道。

然而，「冤魂」這兩個字就像一種開關，剛才還嬌弱地躲在蘇誠背後的黎葳突然變了一個人，雙眼瞪得老大，咬牙切齒。就算被高暘拉住，她依舊想向前撲去，彷彿眼前有敵人。細柔的聲音也變得嘶啞，字字句句都尖銳得像鐵絲刮過堅硬的水泥地面。

「不行……不能召喚出冤魂！你們想都別想！」

蘇誠聽她這麼說，挑了挑眉，「學妹，妳是不是知道什麼？」

只見黎葳搖搖頭，歇斯底里地喊：「我什麼都不知道！但是我絕對不會讓你們召喚冤魂的……只要我還在這裡，我就不會讓你們害到我！」

「葳葳，妳能感應那種東西嗎？」

這次連霍宇祥都眼帶懷疑地看向她。

霍宇祥聽說靈感這種東西十分不一定，世界上有人擁有，也有人完全沒有。依據靈感的強度，能感應到的東西也不同，或許自家學妹就是擁有靈感的那一類人也說不定。

但黎葳搖搖頭：

「不是……我不曉得，可是剛剛你們明明也聽到了！那個莫名的喀喀聲……這裡肯定有那種東西！絕對不能引出來！」

此話一出，空氣迴盪著不明的沉默。

霍宇祥和蘇誠默默地別過頭，不再說話。高暘也不說話，但疑惑地皺起眉，三水則毫不掩飾地翻了個白眼，不過因為屋內陰暗，沒有被任何一個人捕捉到。

三水轉身走到黎葳面前，「學妹，妳會怕吧？如果妳會害怕就先走吧。」

「唔！」黎葳又瞪大雙眼，一臉驚恐地搖搖頭，「我、我不敢……我不敢一個人走！」

「但妳繼續待在這裡，不是比一個人離開更可怕嗎？畢竟我們沒人敢保證等一下會不會又遇到什麼事喔。」

聽到三水這麼說，黎葳的身子又顫了一下，目光四處游移，在尋找蘇誠。

但是她看到蘇誠和霍宇祥走到古灶前，一旁有一堆木柴散亂地擺著，又轉頭看向有不明火光的爐灶。

她的表情微微扭曲，氣得握緊雙拳。

但引起她怒火及妒意的兩位當事人並不自知，仍看著筆記本研究。

「點起火焰的意思，是要點上真正的火嗎？」

蘇誠說完，霍宇祥立刻搖頭回道，「不，這裡有寫，『搞不好重新仿效點火就可以見到他的靈魂』……他說是效仿，那應該不用真的點火，只要模仿點火的動作就好了。」

「那麼，如果引來冤魂，這個傳說就算解開了嗎？」

「這……」

霍宇祥轉頭對上蘇誠的視線，也十分猶豫。

或許就如黎葳所說，這裡真的有東西，這麼做也許真的會引來冤魂，而且引來冤魂後不曉得會發生什麼事。但不管是在這裡自殺的吳正男，還是當年被抓走的黃家人，他們肯定都知道外婆，而且或許知道這棟樓擁有魔力的祕密。

他的手指在泛黃的紙頁上輕輕摩娑，不久後總算下定決心。

「就先試試看吧。」

兩人接連拿起一旁的木柴，放進燃著不明火焰的爐灶裡。

「你們瘋了嗎！」

黎葳尖聲高喊，想撲向霍宇祥他們，但是三水立刻摀住她的嘴：「妳別大喊！」

霍宇祥有些猶豫地回頭看去。蘇誠倒是不為所動，繼續將木柴放進爐灶。

所有木柴都沒有被火吞噬，沒有變質或減少，在爐灶前的蘇誠兩人也沒有感覺到任何熱度。

只見灶裡的火越來越旺，越來越烈，直到火焰溢出灶口。

「啊————！」

一聲淒厲的男聲突然打破沉重的寂靜。

那聲尖叫既慘烈又來得突然，一行人都嚇得縮起肩膀，不自覺地摀住耳朵，黎葳更抱頭蹲著尖叫，渾身不斷發抖。

「啊啊啊啊啊！！！」

其他四人睜大眼睛四處張望，想找到尖叫聲的來源。可是四周沒有任何變化，只有爐灶內的火瞬間消失了。

原本照亮室內的紅光熄滅，只剩下手電筒冷冽的白光。

「嗚……嗚嗚！我就說不要引出來了——」

喀啦喀啦！

黎葳還沒說完，又一聲聲響傳來，她立刻噤聲，連哭都不敢了。

這次的聲音似乎是從爐灶旁的角落傳來的，最靠近聲音來源的蘇誠轉頭照亮角落——有兩個方形木牌躺在角落的地板上。

「剛才……有這個東西嗎？」

霍宇祥問，蘇誠則搖搖頭，「好像沒有。」

儘管害怕，蘇誠仍伸手拿起那兩個木牌。

兩個木牌是不同的顏色，一個一面是大紅色的底色，上頭刻著黑色的怨字，一面刻著「潘馬賽」三個字；另一個則是黑色底色，刻著金色的願字，另一面刻著「白山石」。

蘇誠將這兩個木牌拿給其他四人看，但所有人都不曉得這到底是什麼。

霍宇祥拿著木牌不斷翻看，看著紅色木牌背後的怨字許久，突然像想到什麼似的再度翻開手上的筆記。

他停在其中一頁，念道：「紅色怨牌，寄宿著他人未了的心願……是當時死於非命的黃家人之怨念凝結而成的，散落在樓內各處，透過鏡子可以看到死者生前的記憶片段！」

聞言，三水伸手翻過紅色的怨牌，看著「潘馬賽」三個字：

「那麼，這個名字就是怨牌的主人？所以……利用這個，我們也許可以看到這位『潘馬賽』的記憶？」

蘇誠點點頭，「大概是吧，只不過還需要找到所謂的鏡子。」

「那這個呢？」高暘拿起黑色的願牌問。

霍宇祥搖搖頭，「不曉得，上面沒有提到，或許是新的傳說？」

「那要去找鏡子嗎？」三水道，「先把這些木牌收起來，如果發現可能符合的鏡子就試試看吧。」

「那放到我這裡吧。」

蘇誠接過木牌，放進揹在胸前的小包包裡。

於此同時，霍宇祥翻動手上的筆記，自言自語似的說：「這裡面提到的傳說，或許都是真的。」

「你想解開那裡面提到的所有傳說嗎？」三水道。

霍宇祥低頭看著手上的筆記，沉思幾秒後用手搔了搔鼻尖，開口：「我們都來了，也成功解開了一個傳說，要是半途而廢，妳不覺得可惜嗎？」

「嗯……」

三水似是認同地點點頭，在他身後的高暘也附和道：「你說的也對。」

「那要先從哪個傳說開始？」

聽到蘇誠這樣問，其他人圍著筆記，開始仔細翻看內容。不過，這些傳說的內容都寫得很籠統，令人摸不著頭緒，一行人遲遲無法決定要先從哪個傳說開始。

霍宇祥環顧周遭，用手電筒一照，發現爐灶旁有多個大小不同、顏色各異的酒罈。

「酒罈……筆記裡是不是還有個傳說提到酒罈？」

其他人先是疑惑地抬起頭，順著霍宇祥照亮的方向看去才明白他說的意思，低頭翻找筆記。

三水：「找到了，是『陰酒傳說』！」

蘇誠念著筆記上的內容：「陰酒通常會放置在建築物的角落陰暗處，裡面供奉的物品應該具有釀製者強烈的意念……在酒罈中加入生米、人血、烈酒後封口，放置在陰涼處可保佑財源廣進，出入平安。此酒絕不開封，否則會家破人亡。」

「噯，這個傳說裡也有提到那個『滅門血案！』」

高暘伸手指著筆記的後半段，上面寫道：『**街訪鄰居懷疑「滅門血案」的主因也許跟此事脫離不了關係。**』

「也就是說，這家人釀造了陰酒，獻給陰間的好兄弟？」

「那就要找出當初釀造的陰酒，才有辦法解開傳說嗎？」三水道。

「我們分頭去找酒罈吧！」

霍宇祥說完，四人開始尋找這個房間裡的酒罈。但被嚇到的黎葳似乎到現在還沒回神，根本不管眼前的人是不是蘇誠了，只神經兮兮地緊緊拉著高暘的衣服，完全不敢抬起頭，滿眼淚水地跟在他後面。

這裡似乎是廚房或餐廳，磚灶旁有寬廣的空間，原本應該擺著圓形的大餐桌，但現在餐桌的圓形桌面被折成兩半，桌子倒在地上，另外還有多個櫥櫃。有倒到地上的，有斜靠在其他櫥櫃或牆上的，一片凌亂。

四人各自拿著手電筒，一邊在複雜交錯的家具中尋找能落腳的空位，一邊揮開鋪散於其中的蜘蛛網，查看廚房裡的所有酒罈。

大多數的酒罈封口都綁得很緊，紅色的布被麻繩緊緊綁著，有些連打開都沒辦法。

好一陣子，室內只聽得到翻動東西的聲音，直到又一聲尖叫貫穿眾人的耳膜——

「啊——！」

「學妹，妳怎麼了？」

「有、有、有洋娃娃！」

高暘馬上回頭問，而跟在高暘身後的黎葳將臉緊緊埋在高暘的背後，手指顫抖地指向一座還堅定地站著的櫥櫃。

其他四人紛紛將手電筒往她指的地方照去——

在櫥櫃的某層夾板上有一隻西式的洋娃娃，它有一頭金色捲髮，身穿西式的蓬裙，睜著一雙藍色的大眼睛。

看到的瞬間，其他四人也不禁倒抽了一口氣，顯然也被嚇到了。

「怎、怎麼會把娃娃放在這裡啊？」高暘撫著胸口道。

「真搞不懂以前人在想什麼。」

蘇誠低聲念了一句，就轉頭繼續查看酒罈。其他人也沒多加在意，注意力完全放在多個酒罈上。

室內再度恢復成一片安靜，只響著細微的腳步聲。

不久後，負責廚房最深處角落的蘇誠低喃一聲，清晰地傳到了所有人的耳裡。

「是這個吧。」

其他人紛紛湊過去。高暘雖然也想過去，但是因為身後的黎葳還是不敢抬頭，深深埋在他的背後，讓他不方便行動，所以只能站在原地看著。

蘇誠發現的酒罈藏在最裡面的角落，旁邊還有高高的櫥櫃擋著，是很難發現的位置。瓷製的褐色酒罈並沒有用麻繩封死，而是用紅色的布巾包著石頭，封住罈口。拿起紅布包著的石頭後，能看到裡面也有一個方形木牌。

蘇誠毫不猶豫地將手伸進酒罈裡，拿出木牌，並利用燈光看清楚上面的字。

木牌有一面一樣是紅底黑字，刻著大大的怨字，另一面則刻著「朱大」兩字。

「朱大……也不是姓黃？可是住在這裡的不是黃家人嗎？」三水疑惑地皺起眉。

「可能是僕人之類的？雖然我也不曉得當時流不流行請傭人。」

霍宇祥自己說著就聳聳肩。因為他十分確定當時住在這裡的就是黃家人，可是到目前為止找到的怨牌都不是黃家人的……之後回去問問外婆，或許能得到答案。

霍宇祥讓蘇誠也將這塊木牌放進包包裡，轉頭想離開，但他的眼角餘光瞥到牆上貼著一張紙，最前面一行字寫著「天馬神教」。

——天馬神教？那是什麼？

霍宇祥不解地歪過頭，想用燈光照亮紙張，不過快走到入口的蘇誠發現他沒跟上，喊了一聲，「阿祥？」

「來了。」

霍宇祥連忙跟上腳步，走出這個貌似是廚房的空間。

【第三章】無收件人的信

這個貌似廚房的空間沒有門，是個開放式的空間。
走出來後，可以看到右手邊有兩間房間，門都沒有完全關上，能隱約從細小的門縫看到房內的一點景色。
這次走在最前面的三水輕輕伸手碰了一下門，門板伴隨著吱嘎聲，緩緩開啟。
三水抬起手電筒，照亮這間房內。可是手電筒沒能照到多遠，因為裡頭也像一樓一樣有一條條布料從天花板垂墜下來，層層遮住手電筒的光。
三水隨意移動手電筒，想試試看能否看得更清楚一些，突然間，有一道微弱的光從布料後方閃了一下。
「嗯？」
無預警被閃了一下眼睛，三水有點難受地眨眨眼，不過站在後面的蘇誠察覺到一絲不對勁，上前走到她身旁，也隨意往房裡照。
照到某個角度時，果然又有一道微弱的光閃了一下。
「這裡面好像有鏡子。」
「嗯？」

不理會一旁疑惑的高暘，蘇誠往剛才似乎反射出光芒的地方照。

他從層層布料之間照進去，光果然被反射回來了。

「如果裡面有鏡子……會不會是冤牌傳說中會用到的鏡子？」

經霍宇祥這麼一說，一行人由蘇誠帶頭，走進這個房間裡。

布料上也有厚重的灰塵，蘇誠每掀開一層都得一手摀著嘴，小心動作，以防大片灰塵撒落。

那一條條布幔就像在這間房內佈下了層層關卡，地上還散落著一些物品，像高暘差點就踩到一隻古早的布製鞋子，霍宇祥也踢到了一個空的箱子。

好不容易五個人都走到最深處，墊尾的霍宇祥抬眼一看，果真看到了一座大鏡子，就像一座梳妝台，下面有個平檯。

其他四人也看著這座鏡子，臉色各異，有人不敢置信，有人滿臉狐疑，在這其中，霍宇祥顯得有些迫不及待。

他對蘇誠揮了揮手，「修，快把剛剛的木牌放上去，看看傳說中的鏡子是不是這個。」

蘇誠點點頭，從揹在胸前的小包包裡拿出那兩個怨牌，也沒注意上面的字，就將木牌放上檯面正中央。

幾秒後，不知從哪裡突然吹來一陣風，連帶飄散出白霧，圍繞著眾人並遮擋住視線。等白霧散去，眾人的頭頂上出現一段黑白的影像。

畫面中有一個微胖的中年男人，一頭整齊的黑色短髮服貼地遮住了半邊額頭，身上穿著背心西裝、打著領帶，以背相對，並將雙手揹在身後。

男人緩緩開口，帶著文雅的口吻：

『在二十年前那場宴會結束之後，失去了女巫與白山石族的酒樓，還是難逃魔力枯竭的命運啊。』男人轉過身來，一雙眼尾帶著歲月痕跡直望過來，半是遺憾半是哀戚，彷彿穿過了畫面，正看著鏡子另一端的五人，『這傳奇，終將有完結的一天，是時候讓這棟酒樓好好休息了。所以我決定，下個月，就關閉蓬萊樓。』

男人說完，畫面逐漸消失，轉而出現了幾行字：

『即使沒有蓬萊樓，
族人的靈魂也將回歸、
於山林中再相遇的，
父親。』

幾秒後，換成文字消失，整個空間也暗了下去，只剩下手電筒的亮光。

室內回歸一片安靜，但五人的心裡倒是不寧靜，霍宇祥更是震驚得說不出話來。

讓他感到驚訝的不只是突然出現的神奇現象，剛才畫面中的那個男人提到了女巫、白山石族，也提到蓬萊樓的魔力就快枯竭了……就跟外婆說的一樣。

那麼，過去他一直覺得似真似假的那些故事，越來越有可能是真的。就代表這棟樓確實可能有魔力，而且魔力可以讓人穿越時空，回到過去改變命運。

——我也許能真的實現阿嬤的心願！

這時，原本呆愣地盯著鏡面的三水回過神，率先打破沉默：「這、這是什麼魔法嗎？」

所有人也回過神，都搖搖頭又聳聳肩，完全不曉得這是怎麼回事。

知道這裡有魔力存在的霍宇祥在這之中顯得冷靜許多，立刻拿出筆記說：「這上面說，利用怨牌能看到的是死者生前的記憶片段。」

「那這個是誰的？」高暘道。

蘇誠拿回怨牌來看，「……是潘馬賽的。」

「潘馬賽……是什麼族的人是嗎？最後那段話……是他想說的話，還是心願？」

三水接連提出了好幾個疑問，但其他四人當然也一頭霧水，無法回答。

線索還不夠，要單憑潘馬賽的記憶推測出什麼太困難了。於是，霍宇祥提議道：

「我們剛才找到了三個怨牌吧？不然把三個怨牌都放上去，看完三個人的記憶，或許就會有頭緒了。」

「……好吧。」

儘管有些猶豫，蘇誠還是從包包裡拿出另一個怨牌，放上檯面。

果然又吹起一陣風，帶來一陣白霧，半空中浮現一個畫面。

這次出現在畫面裡的，是一隻手蓋上酒罈的景象。之後在潘馬賽的記憶中出現過的那名中年男子，以幾乎一模一樣的打扮及髮型，頂著稍微圓潤的肚子跑了進來。

記憶的主人轉頭看去，聽到中年男子高興地說：『朱大、朱大，你這種餅是跟誰學的？簡直堪比當年浮世宴上的那些茶點。』

男人手中拿著一個小盤子，裡頭裝著幾塊餅，嘴角還帶著一點餅屑。

似乎是記憶的主人回應了什麼，中年男人笑了笑，擺擺手回道：『快別那麼說，你能夠過來一起住，是我們有口福嘛。咱們都是一家人啦，是吧？』

說完，男人又拿起一塊餅放進嘴裡嚼了嚼，滿意地笑著點頭。

畫面逐漸暗去，跟剛才一樣，出現了幾行字：

『感謝天馬神明保佑，

這家人接納了我，

讓我有了歸屬。
我當精進我的廚藝，
為了這家人，
創造最美味的料理。』

畫面淡去，房內再度恢復成一片黑暗。
這次蘇誠沒多想，立刻將最後一個黑色的願牌放上去，五人等著周遭再度發生變化。
但幾秒後，四周完全沒有任何變化。
五人面面相覷，三水以為是位置沒有放好，上前隨意動了一下木牌，可是等了幾秒，依舊沒有反應。
高暘疑惑地搔了搔平頭，「是這個人沒有記憶片段嗎？」
「不會吧……」
三水不信邪地將木牌拿起又放下，但還是沒有動靜。
「修，你再換成其他兩個怨牌試試吧。」
聽到霍宇祥這麼說，蘇誠點頭回應，又隨手拿起潘馬賽的怨牌，放上檯面。
這次有了反應，出現的畫面就跟剛才一模一樣。

霍宇祥再將黑色的願牌放上去，又沒反應了。

「這是怎麼回事？這個牌子上是寫著什麼？」

三水拿來兩個木牌，五人這才仔細地比對了一下，果真不一樣。

「能成功看到記憶片段的是紅色的怨牌，背後是寫著人名；失敗的是黑色的木牌，後面寫的是願，另一面寫著的是白山石，這應該……不是人名。」

霍宇祥說完看向蘇誠，像在尋求同意。

蘇誠也如他所願，點了點頭，「剛剛潘馬賽的記憶裡有提到，有個叫做白山石族的，所以應該不是人名。」

「所以……是只有怨牌能成功嗎？那這個黑色的願牌完全沒用處嗎？」三水問道。

「搞不好還是有用處，但不是用在這裡而已。」蘇誠回道，「雖然筆記上沒寫到願牌，不過既然有這個東西存在，那就可能有地方能使用。」

「真不愧是蘇哥，太聰明了！」

高暘說著，在一旁讚嘆地輕輕拍了幾下手，霍宇祥與三水也投以讚賞的眼神。

不過蘇誠毫不在意，臉色一絲變化也沒有，將木牌收回包包後照亮房門口。

「別拍馬屁了，我們繼續走吧。」

一行人陸陸續續走出房間，由霍宇祥與蘇誠殿後。

此時，蘇誠的一雙眼在黑暗中盯著跟在高暘身後的黎葳，並不著痕跡地揮動手電筒，以便他看清黎葳現在的模樣。

只見黎葳幾乎將臉埋在雙臂中，偶爾會只露出眼睛看看四周，可是大部分的時間還是不敢抬頭亂看。從她不時露出來的雙眼中，還能看見驚恐。

蘇誠不解地皺起眉。他以為這個不請自來的學妹又會嚷嚷著要出去，結果竟然沒有。眼角餘光看到霍宇祥邁出腳步，蘇誠也收起了探究的目光。

離開鏡子所在的房間，五人這次聚集在隔壁房間門前。

這間房間裡沒有布幔掛在天花板上，三水用手電筒照去，馬上就看清了房內的景象。

「這裡……也太多照片了吧？」

一行人看到牆上掛滿了相框，有些一看就知道是黑白照片，有些則是裱框起來的畫作。

跟剛才那間房間相比，一下就能看清房內事物的房間相對地沒那麼可怕。三水不等其他人回應就踏進房內，其他人也走進來，五人四組分散在房內各處，四處看著。

地上有破碎的玻璃及木頭相框，大概是一些相框摔到地上、碎裂的結果。因為幾乎沒有能落腳的地方，霍宇祥小心翼翼地踩上碎片，慢慢走動。

房內幾乎沒有任何櫃子，只有牆上掛得滿滿的，他一一照亮每個相框。這些黑白照片中有年輕女人的獨照、幾十年的古老街景以及全家福。

霍宇祥看到一張特別清晰的全家福，裡頭有七個人。

最前面是一個穿著旗袍的年輕女人，坐在椅子上，懷裡抱著長相清秀的小女孩，一個小男孩也穿著背心西裝，站在女人身旁。

這三個人並不難認，那個小女孩和外婆年輕時有幾分相似，八成就是外婆小時候，那抱著她坐著的女人，就是外祖嬤了，一旁的小男孩則是外婆曾經說過的哥哥。

再抬眼往上看，照片的後面一排站著四個男人，剛才在記憶片段中出現的中年男人站在中間，他左手邊的人是留著一頭當時很罕見的及肩長髮、穿著類似原住民服飾的服裝，且輪廓深邃；從右邊看去則是一身嚴謹的三件式西裝、臉上戴著金框眼鏡的高瘦男子，以及穿著唐裝，下半身圍著圍裙的圓潤男子。

這四人倒是很難分辨出誰是誰。剛才出現過的中年男子，若無意外，應該就是外婆常常提起的外祖公，而旁邊的三個人……除了圍著圍裙的圓潤男子，霍宇祥十分肯定他就是廚師朱大之外，另外兩個人完全不曉得是誰。

或許其中一個人就是剛才看過記憶片段的潘馬賽，可是畫面中完全沒有出現潘馬賽的身影，根本不曉得他的長相，因此無從分辨。

霍宇祥又仔細看了幾秒才放過這張照片，視線往下移動，看到另一個相框——但這個相框就不是裝著相片了，而是一張難以言喻的畫作。

畫的顏色以紅色、黑色、綠色、橘色的無數個小圓點構成，在正中央的黑色菱形中，有個像鳥的紅色圖形，不過下面還有一個類似「6」的符號，並且以這個黑色菱形為中心，數條扭曲的線條往外擴散開來。

這些線條也一樣是以無數個小圓點構成，擴散的方向都各不相同，不過尾端的圖案倒是一樣，在層層往內縮小的數個圓圈中，有個綠色的菱形。

霍宇祥的第一個想法是，這大概會讓密集恐懼症的患者很難受。接下來又想，這幅畫作想表達什麼？他至今從來不曾看過這種畫作，不過硬要說的話，又有點像原住民的圖騰。

當他皺起眉思考，注意力逐漸被這幅畫作吸引時，走向另一邊的三水輕喊了一聲：「各位，這裡！」

霍宇祥瞬間回過神，轉頭發現三水的手上拿著一個木牌。他急忙走過去，湊過去看清楚木牌上面的字。

「是願牌，背後寫的是一九三〇。」

五人都湊到黑色的木牌前，前後翻看了幾遍，但當然看不出個所以然。

「那這個願牌也一樣，是用在其他地方的吧？」高暘問。

「應該是吧。」霍宇祥說完，接過願牌並遞給蘇誠，「那就先收起來吧，等之後找到再說。」

「嗯。」

蘇誠將願牌收進了包包，五人四組再度分散開來。

蘇誠緩步走著，也走到那幅畫作面前。他用手電筒照亮，先是覺得這幅畫作很神奇，又感覺這幅畫裡似乎藏著什麼力量。

他定睛一看，覺得黑色菱形中央的圖案有點眼熟。

他對身旁的霍宇祥招了招手，等霍宇祥靠過來就道：「這個圖案，剛才有在記憶片段裡出現過吧？」

霍宇祥瞬間驚訝地瞪大了眼，「咦?有嗎?」

「嗯，在潘馬賽的記憶裡，中年男人的背後就有這個圖案。」

「是嗎？」

「可是，這不曉得是什麼圖案……」

其他人大概是看到霍宇祥兩人湊在一起不知道在討論什麼，也都好奇地湊過來。其中，三水看到這幅畫作，想了想也指著中間的紅色圖案說：「這個圖案！剛剛好像有出現在記憶裡？」

若是只有蘇誠一個人這麼說，霍宇祥還有點存疑，畢竟他根本不記得出現過這種圖案，不過現在既然出現了第二個證人，那就錯不了。

他也忍不住佩服這兩個人，「你們的觀察力也太好了……剛才那段記憶只出現了不到三十秒吧，你們竟然記得這個圖案。」

蘇誠轉頭看著霍宇祥，沒有說話，但是表情無奈中帶著一點憐憫及同情，莫名讓霍宇祥覺得自己受到了傷害。

而三水不在意地聳聳肩，「我只是覺得這個圖案很特別，所以就多看了幾眼。」

「妳也真不愧是美術系的學生啊，在這種可怕的地方，竟然還有心思想這些。」對藝術的熱情值得敬佩。高暘說完就對三水豎起了大拇指，表示誇讚。

但三水依舊不以為意地轉頭看著畫作，續道：

「這大概是那時候留下來的某種圖騰或象徵吧，畢竟它有出現在記憶的片段裡。但活在現代的我們都不曉得那是什麼圖案，可能就是在歷史的演變中遺失或失傳了，我想……應該沒什麼大不了的。」

「嗯……這麼說也對。」高暘理解地點點頭，「那我們繼續走吧？這裡感覺沒有什麼東西了。」

「嗯，走吧。」

其他四人都陸續走出房間，霍宇祥依舊盯著那幅畫。

雖然他也認為三水說得有道理，可是他從這幅畫感受到一股力量，莫名地吸引著他，甚至不自覺地伸出手，觸碰了一下畫作。

被霍宇祥碰到的小圓點瞬間動了一下，像要避開他的手一般，小圓點構成的線條中間拐了一個彎。

「咦？」

這幅畫……剛才是動了嗎？還是他被那麼多圓點弄得眼花，一時看錯了？

霍宇祥又試著碰了畫作第二下。

有數個圓點又從他的手下閃過，其中一條線條又多了一個彎。而且，這次不只是畫作變了，霍宇祥的腳邊還傳來細微的「喀噠」一聲，像有什麼東西掉到了地上。

霍宇祥低下頭，看到自己腳邊有一封信。

他彎腰撿起信封。原本應是純白色的信封泛黃斑駁，上面卻沒有任何字，沒有地址、沒有收件人，更別提寄件人了，而且信封口也沒有封起。

霍宇祥伸手從信封裡拿出了一封信。

他小心地攤開泛黃且邊緣開始破損的信紙，上面有兩段字，分別寫在左右兩端。

右邊的文字寫道：

『一九五〇年

繼承蓬萊樓的骨董商人黃東盛，因私藏贓物、侵占國家資產，恐有叛國之嫌而被警總逮捕，一家六口因連坐法處以極刑。』

左邊則是：

『如果這封信能取代、替換原本黃桑寄給女巫的那封信，是不是就可以改變一切？』

信紙上甚至有那幅畫作的圖樣。

霍宇祥有些驚訝地來回看著信紙上的圖樣及畫作，的確一模一樣。

那個圖案……可能是很重要的象徵？而這封信裡詳細提到了外婆一家人的遭遇，可是都沒有署名，更無從推斷是誰寫下這封信的。

沒有收件人及寄件人的信……

這封信到底有什麼用意？

最讓霍宇祥在意的，是最後那一段文字，那或許是什麼提示？

——如果能回到過去，將這封信取代外祖公交給女巫的信，搞不好就能改變一切？

「這裡有個箱子！」

三水的聲音從外頭傳來，讓霍宇祥瞬間回過神。

關於魔力的事，霍宇祥本來就沒跟大家說，要是又被他們發現這封信不太好。他急忙將信收回信封並放進口袋，跟上其他四人的腳步。

霍宇祥剛走出房間，就看到大家都圍在一個地方，也急忙圍上去。

「怎麼了？」

蘇誠回頭疑惑地看他一眼，想了幾秒，才揚揚下巴回道：「有個箱子，不知道是做什麼的。」

「還上鎖了。」三水補道。

霍宇祥往蘇誠指的方向看去，的確有個像藏寶箱的箱子，前面有個舊式鎖頭，特別的是上面還有一個梅花令牌。

他問：「那個梅花令牌又是什麼？」

「不曉得，上面也沒有什麼字。」高暘聳聳肩。

「嗯，我想鑰匙應該不會放太遠，先在附近找找吧。」

霍宇祥說著，轉身就看到後面的空間裡有一張長方形的木桌。桌子後面有一張高椅背的木椅，大概是用來寫字的空間。

他走近長木桌，桌上的確放著紙筆墨硯，紙上也寫著字，第一行字就讓霍宇祥皺起眉：

「診斷書？」

「嗯？誰的診斷書？」

三水這麼說著，快步湊到霍宇祥身旁，其他三人也圍過來。

高暘看著文字，一邊低喃出聲：

「『查黃東盛，男性，四十五歲，臺灣省台北市人，經本醫師診察結果係結核病……』

咦？黃東盛不是這戶人家的男主人嗎？他得了結核病？」

「一九五〇年代的話，當時的確流行過肺結核。」霍宇祥為他解開疑惑。

「但他也太可憐了吧，得了肺結核，家人又都被抓走。」高暘說完搖了搖頭，似乎很為黃東盛感到遺憾。

霍宇祥抿了抿唇，沒有回應。他眼底閃過某種淡淡的情緒，不過馬上又恢復了。

他照亮桌子底下。這張桌子沒有抽屜，椅子下也沒東西，他還走到椅子後方的空間去，但是都沒有看到像鑰匙的東西。

其他四人也在附近翻找了一遍，但也沒有結果。

「還是說，要換蘇哥上場？」

三水這麼一說，所有人都想起了一開始蘇誠的開鎖成就，齊齊看向他。

蘇誠一向不習慣有太多目光盯著他看，臉色有點僵地嘆了口氣，「我試試看吧。」

然而，這次蘇誠的巧手似乎沒有用。只見他蹲在箱子前面弄了好一陣子，鎖依舊還在箱子上。

活動手指看似輕鬆，不過時間久了也是會累的。因此幾分鐘後，蘇誠舉白旗投降，一邊轉著手腕一邊站起身說：「這個鎖不知道為什麼，打不開。」

「是喔，好吧。」三水聳聳肩，很乾脆地放棄了，「那我們先別管這個箱子吧。」

「也對。那邊還有個往上的樓梯，還是我們先上去看看？」

高暘一邊說，一邊往他說的樓梯照去。

在用來寫字的空間後面，又有一道相當陡的木樓梯，上頭也結了厚厚一層蜘蛛網。

也許是在這棟樓裡待久了，不只身體漸漸習慣了黑暗，心裡似乎也不自覺地放鬆了一些些。不只霍宇祥如此，現在有人問起要不要往哪裡走，幾乎所有人都不會害怕了。

除了黎葳。

小學妹依舊躲在高暘的身後，儘管已經好一陣子沒再發生難以解釋的現象了，她還是不敢抬起頭，只露出一雙眼睛看著。

不過，她也不再吵著要回去了，這讓霍宇祥既疑惑又擔心。

如果她不再吵著要離開，那霍宇祥也不用再想要用什麼藉口留下來，繼續找外婆的木盒了，但他疑惑、擔心的也是她為什麼不再吵著要離開了？

不會是徹底被嚇到，失去心神了吧……

霍宇祥跟著蘇誠走向樓梯時，轉頭瞥了高暘背後的黎葳一眼——出乎意料地，這次他和黎葳四目相對。

黎葳睜著哭花了妝、布滿紅血絲的雙眼，直盯著他看。

霍宇祥不自覺地顫了一下，泛起一身雞皮疙瘩。

那眼神像在看著仇人，帶著憎恨，卻又莫名冷靜。

——彷彿變了一個人。

霍宇祥半是害怕半是心虛地別過眼。

「阿祥，這裡也不好走，上來時小心點。」帶頭先走上樓梯的蘇誠走到一半時，轉頭對霍宇祥道。

霍宇祥有點慌亂地點點頭，「好。」

一行人陸陸續續手腳併用地爬上樓梯，這個空間反倒比較像樓中樓的閣樓，空間不大，高度也不高，身高大約一百六十公分的三水都必須微低下頭了，一百八十公分左右的蘇誠更必須彎下腰才能走動。

閣樓內的狀況也是一片雜亂，不過這裡似乎本來就是放雜物的倉庫，所以東西特別多。

裡面的牆邊有堆疊起來的箱子和一些匾額，最右邊的角落還有許多半透明布條從天花板垂吊下來，圍起一個四方形空間，其他地方則散落著物品。

一眼看去，霍宇祥幾乎不曉得該從哪裡找起。他一邊緩步往前走，視線一邊跟著手電筒的光左看右望，來到牆邊那堆雜物的面前，他看到一個用相框裱起來的匾額，上面是用毛筆寫的「招財進寶」，右下角還有一朵菊花。

——這朵菊花……

霍宇祥這才想起在警察制服中找到的菊花木牌。他急忙從褲子口袋裡拿出那兩張菊花木牌，放在匾額旁邊比對。

兩朵菊花一模一樣，但不同的是，匾額上的菊花中間還寫了一個「鼠」字。靈光一閃，霍宇祥猛地翻過黃東盛的菊花木牌，確認那六句成語。

「招財進寶、招財進寶……有了！」

果真如他所想，這六句成語應該是菊花圖案所在位置的提示，也代表這兩個木牌的確能解開什麼祕密！雖然他不曉得那會是關於什麼的祕密，但既然和外祖公有關，大概就與蓬萊樓或黃家有關係！

由於手邊沒有紙筆，霍宇祥只能拿出手機將那個菊花圖樣拍下來。

這時，身旁有個人問：「你在拍什麼？」

霍宇祥轉頭看到是蘇誠，馬上就將這件事告訴了蘇誠。

當然，他沒有說出這兩個菊花木牌也許能解開什麼的事。

聽霍宇祥說完，蘇誠也來回比對了匾額和木牌上的菊花圖樣，也覺得霍宇祥的猜測是對的。

「雖然不曉得這些暗號要用在哪裡，不過還是記清楚比較好吧，最好連招財進寶都記下來，免得到時候搞混。」

「但我沒有紙筆。」

「我有。」

蘇誠淡然地從包包裡拿出一個小筆記本和按壓式的原子筆，在上面寫下「招財進寶——鼠」。

「哈，你準備得還真齊全呢。」

見到霍宇祥笑著說，蘇誠也微微勾起嘴角，「來探險總要做一點準備啊。」

兩人繼續往右邊走，看到有張椅子上也放著一個箱子，模樣與在二樓看到的一樣，上面也掛著梅花令牌，只不過這一個沒有上鎖。

蘇誠馬上打開箱子，裡面果真放了一把鑰匙。

「找到鑰匙了。」

所有人立刻湊過來，下一秒又傳來倒抽一口涼氣的聲音！

其餘四人往聲音來源看去，發現三水有些驚魂未定地撫著胸口喘大氣，看來是被什麼嚇到了。

霍宇祥順著她的視線看去，發現箱子的上方放著一隻洋娃娃。

「嚇死我……一轉頭走過來就看到那個娃娃盯著我看，差點就忍不住叫出來了。」

三水難得被嚇到，不過膽大的她情緒也很快就平復了。

「不過，這個娃娃的身上好像有一張紙？」

聽到高暘這麼說，其他人也湊過去仔細看了一下。

穿著華麗連身裙的洋娃娃坐在椅子上，腿上的確放著一張紙。只是剛才被箱蓋遮住了，一時沒看到。

蘇誠拿起那張紙攤開來看，裡面的字跡圓潤且小巧，感覺是小女孩的筆跡。

『阿爸買給我的洋娃娃都好醜，我不喜歡……

但我不敢讓阿爸知道，怕他傷心，

只能偷偷跟這些娃娃說。

真的要人偶的話，

好想要阿爸說的故事裡的白山石族與女巫，
感覺更厲害。
唉……乾脆把娃娃們都藏起來，
讓阿爸跟它們玩捉迷藏吧！

就把它們藏在這些地方！
一堆畫的房間、
頂樓圍起來的小天地、
樓梯下方的角落、
好多好多碗的櫃子裡。』

在紙張的四邊中，其中一邊有撕裂、參差不齊的痕跡，霍宇祥猜這應該是從日記本上撕下來的，但不知道是誰撕下來的，又為什麼要放在這裡。

不過他知道寫下這些字跡的人是誰。

——這是阿嬤小時候的日記吧，真可愛，竟然還把藏娃娃的地點也寫上去了，是怕自己忘記嗎？

看著有點歪曲的字跡，霍宇祥的嘴角不自覺地勾起不合時宜的微笑，隨後察覺到自己的表情，又馬上壓下嘴角。他想，這裡一片漆黑，應該沒有人看見。

「這個指的是洋娃娃傳說吧！」三水突然驚訝地說，然後對其他人伸出手，像在討要什麼，「那本筆記在誰那裡？快，給我！」

蘇誠從小包包裡拿出筆記，三水俐落地翻開，馬上找到了她想找的頁面。

「這個洋娃娃傳說！我們剛剛也有看到一個洋娃娃不是嗎？就在廚房！」

其餘四人聽了，紛紛想起剛才在廚房的確有發現一個洋娃娃，黎葳還被嚇得尖叫出聲。

「『玩捉迷藏的洋娃娃會躲藏在屋內四處，它們擅於躲藏，藏匿地點與主人的喜好息息相關，同時也知道主人的祕密』。」三水快速念出筆記寫到的內容，「『如果探險時有發現躲在各處的洋娃娃，暫且留意一下，也許跟這家人的故事有關。』」

「洋娃娃身上應該會有什麼東西吧。」

蘇誠直接說出了結論。

三水立刻拿起椅子上的洋娃娃東看西看，可是怎麼看都沒看到特別的東西，因此搖搖頭，「沒有東西啊。」

霍宇祥又拿起那張日記紙看了看，視線停在最後的那幾句話，腦袋快速運轉。

他剛剛看到這篇日記時，好像有想到什麼。

——竟然還把藏娃娃的地點也寫上去了，是怕自己忘記嗎？

霍宇祥驚訝地瞪大了眼，低喃道：

「藏在這些地點的娃娃，才是真的需要留意的娃娃嗎？」

「咦？」

三水和高暘又接過那張日記紙，看到最後一段才明白霍宇祥說的是什麼意思。

「那麼，一堆畫的房間，是指剛剛那個房間嗎？」三水道。

「那頂樓圍起來的小天地……頂樓不就是這裡嗎？」

霍宇祥一邊說著，一邊轉頭環顧四周。

視線跟著手上的燈光移動，馬上就看到了後面用半透明布條圍起來的角落。

「是那裡吧。」

霍宇祥毫不猶豫地邁步走向那個角落，掀開半透明布條走進去。

果然有一個洋娃娃就坐在角落！

「找到了！」

其他四人也跟上去，看到霍宇祥指著洋娃娃手上的扇子，說：「這個扇子上面寫著中文數字肆……要留意的會不會就是這個？」

「有可能。」

蘇誠再度拿出筆記道具，將找到洋娃娃的地點、扇子上的數字記錄下來。

「蘇哥，你還帶了筆記本嗎？」這次換高暘驚訝地問。

蘇誠不以為意地點點頭，「嗯。」

「根本是探險老手了呢，準備得真周全。」

聽到三水佩服地這麼說，霍宇祥忍不住笑出來，「哈哈！我剛才也這麼說。」

「好了，別聊了，我們快走吧！現在都快十一點了。」蘇誠按亮自己的手機螢幕，讓大家看看上面的時間，「我們盡量趕在十二點以前回去吧。」

一行人帶著剛才的鑰匙一一走下樓梯，最先走下樓的蘇誠馬上蹲在箱子前面開鎖。

喀嚓一聲！鎖開了。

他打開箱子，裡面又是一張紅色的怨牌，翻過來一看，上面寫著的名字是「章國華」。

「又不是黃家人的啊……」

他剛嘆息一聲，現在才走下樓梯的霍宇祥和三水也走過來：

「怎麼樣？裡面是什麼？」

「讓我看看！」

看到紅色怨牌，三水立刻興奮起來：「我們馬上去看看他的記憶吧！」

「那看完就去找洋娃娃吧，雖然那裡……有點可怕。」

霍宇祥一邊說，一邊照亮廚房無門的入口。

「反正等等趕快找到就馬上出來了！走吧！」

三水率先跑進鏡子所在的房間，等所有人都進來了才把怨牌放上檯面。

鏡子亮起後，又吹來一陣風，帶來白霧，這次出現在頭頂的畫面裡只有兩個人放在桌面上的手，一個人穿著西裝襯衫，另一人則是單薄的格子長袖襯衫。

穿著格子襯衫的男人雙手握拳，激動地敲了敲桌子：

『章叔叔，我爸為什麼要那麼做？他是不是對我……完全沒有期待？』

聲音纖細，聽起來十分年輕。而他的語氣雖然憤怒，但也帶著失落，握著拳的雙手也不斷抓著大拇指的指緣，顯得十分焦慮。

對面的西裝男人以沉著文雅的嗓音回道：『別這麼說，你爸爸肯定是用心良苦，我相信他是愛你的。有什麼委屈，都可以來找章叔叔聊聊。』

男人相對寬大的手，輕輕覆上對面年輕男子不斷摳抓指緣的手並拍了拍，想安撫對方焦躁的情緒。

接著，他又像想到了什麼，『對了，你爸還有沒有多說什麼關於這棟樓的事情呢？』

對話停在這裡，畫面轉暗，幾秒後浮現兩行字：

『看來傳說並非空穴來風，得好好深入調查才行。』

四周完全變暗，房內再度只剩下手電筒的燈光。

三水皺著眉：「我怎麼覺得……這個章國華，不是個好人？」

「我也是。」蘇誠附和道，「當年黃家人會被抓、這棟蓬萊樓會被查封，或許就跟他有關。」

「啊，很多電影也有演過，那時候政府好像培養了很多間諜？該不會這個章國華就是其中之一吧？」

高暘說完，霍宇祥搖搖頭，「應該是臥底調查吧？」

「喔，對，臥底！這個章國華應該是在黃家裡當臥底的人！我剛才聽他說話的聲音，就覺得他不懷好意！」

高暘對此莫名地激動，站在他身旁的三水拍了拍他的手臂，安撫道：

「好好好，我知道你喜歡看間諜或臥底的電影，不要那麼激動。不過，話又說回來，另一個男人是誰啊？」

「如果是黃家人，那應該就是黃家的兒子，剛才那個警察的筆記裡好像有提到。」

蘇誠用手肘頂了頂霍宇祥，「警察的小本子在你那裡吧？」

「喔，好像是。」

霍宇祥從口袋裡拿出小本子，翻到最後一頁，所有人都湊過來看。

「就這篇日記來推測的話，黃家有兩個孩子，思言和思義。而思言肯定就是把洋娃娃藏起來的人，是個小女孩，那思義，大概就是那個年輕男人了。」

聽完蘇誠的推論，所有人都認同地點了點頭，而早就知道那個男人只可能是思義的霍宇祥也跟著點頭。

事情的輪廓越來越清晰了，距離最後的祕密，應該也不遠了。霍宇祥暗自咬緊了牙，催促道：「那我們趕快去找那些娃娃吧，時間不多了。」

眾人點點頭，陸續走出房間，轉向特別陰森可怕的廚房。

一走進這裡，剛才那股莫名的寒意再度襲來，讓所有人不禁放緩腳步。

「剛才，是在哪裡看到那個洋娃娃的？」走在最前頭的霍宇祥朝後面問。

三水也不自覺地抓住高暘的衣角，輕聲回道：「我記得是在那邊的櫃子上……」

要是在門口就算了，竟然還在最裡面的地方。霍宇祥深吸了一口氣，伸手拉住身旁的蘇誠，「修，乾脆由我們兩個過去，快去快回吧？」

因為這裡真的太陰森了！連霍宇祥也一秒都不想多待。

蘇誠頓了一秒，反手握住霍宇祥的手腕，點點頭，「走吧。」

蘇誠牽著霍宇祥加快腳步，直接走到廚房內一片狼藉，但還有幾個櫥櫃立著的區域。

就著燈光放眼望去，不花幾秒，霍宇祥就找到了洋娃娃。

兩人立刻來到洋娃娃的面前，看到扇子上的數字——是壹。

蘇誠記錄下來，之後又抓住霍宇祥的手腕快步走回廚房門口，和其他三人會合。

「我們找到了，走吧！」

「好！」

五人都恨不得馬上離開這個區域，想離廚房越遠越好，不約而同地加快腳步走到走廊的最尾端才停下來。

等大家都喘了幾口氣，本來就比其他同伴冷靜的蘇誠指了指霍宇祥手上的日記紙。

「接下來呢？娃娃還藏在哪些地方？」

「對了，我看看。」霍宇祥看著最後那四句話，「應該只剩下一堆畫的房間、樓梯下方的角落。」

「一堆畫的房間肯定是指那裡！」三水指著現在最靠近的房間說。

那間房間裡有很多相框、畫作，肯定是在說那裡，錯不了！

「那樓梯下方的角落，有可能是那裡？」

蘇誠說著，試探性地將手電筒移過去，照亮通往閣樓的樓梯下方——

「有了。」

果真看到一隻洋娃娃就坐在樓梯及地板形成的角落裡。

霍宇祥說完，立刻走過去拿起娃娃，看清扇子上寫的數字，「是肆。」

「那剩最後一個了，走吧！」

三水說完就率先走進掛滿相框的房間，其他四人也先後跟著進去。

沒有費力翻找多久，在房間深處的牆邊角落就坐著一隻洋娃娃。

這一次，所有人都沒有太大的反應，只等著霍宇祥拿起娃娃，確認扇子上的數字。

「是伍。」

然而，找到了所有洋娃娃是很好，可是那些數字代表著什麼？又能用在什麼地方？

——解開這個傳說，最關鍵的最後一個東西是什麼？

霍宇祥看著手上的洋娃娃，皺起眉，「這些數字應該能打開什麼東西……可是剛才，我們好像沒有看到任何需要密碼的東西？」

「也對，剛才好像完全沒看到呢。」三水也附和道。

「我們先去找找看吧，搞不好有我們遺漏掉的地方。」

蘇誠說得也有道理，所有人又開始到處翻找。

找完這間房間，又去找鏡子所在的房間。至於廚房，所有人都下意識地自動避開了，所以最後就只剩下閣樓。

由於通往閣樓的樓梯很陡，黎葳又一直縮著身子躲在高暘的背後，要高暘一邊注意她一邊爬樓梯也很危險，因此大家決定讓他們兩個在二樓等，由三水、霍宇祥、蘇誠上樓。

三人分頭在閣樓堆得雜亂的物品中翻找，最後是蘇誠在半透明布條隔開的空間中，於最深處的角落找到了一個箱子，模樣就跟二樓的一樣，上面也確實有個老式密碼鎖。

在三水、霍宇祥的注視下，蘇誠翻動密碼鎖。

「依紙上的順序來看，密碼會是……伍、肆、肆、壹——」

鎖匙「喀噠」一聲，應聲開啟。蘇誠掀開箱子，裡面也是一個紅色的木牌，背面寫的名字是「黃思言」。

霍宇祥一看，眼睛因為驚訝而微微瞪大，但他即時控制住自己的表情。雖然這裡一片漆黑，沒有人會注意到。

「我們再去看看吧！」

三水拉著兩人往下走，一來到二樓就告訴高暘兩人這個消息。

「又找到了一個怨牌，我們去鏡子那邊吧！」

五人先後趕到鏡子所在的房間，由蘇誠將木牌放上檯面。

鏡子亮起，強風吹來，白霧繚繞又逐漸散去，出現在頭頂半空中的畫面裡再度出現眼熟的中年男子，身穿著背心西裝——是在前兩段記憶片段中出現的男人——正側身坐在床邊，低頭看著手上的書。

或許是聽到了什麼聲音，男人轉頭看過來，臉上帶著溫柔和藹的笑意：

『怎麼啦？睡不著啊？又想要爸爸說故事給妳聽了，是嗎？好，那麼，爸爸就跟妳說一個，發生在一九三零年的精采故事。

那是一屆最傳奇的浮世宴。那一年啊，與會的賓客有帶領本島人的知識分子，還有總督的女兒，最特別的是啊，有一個日本的女學生，她居然是白山石族的女巫啊。這整棟樓，蓬萊樓上下的魔力，全部都跟她有很深的關係……』

男人的話還沒說完，畫面就逐漸消失了，取代而知的是一串文字：

『最喜歡阿爸的床邊故事

伴我入夢，希望這些神奇的故事，

永遠說不完。』

——這是阿嬤小時候的記憶，那這個中年男人，果然就是外祖公……

霍宇祥愣著，心裡有種奇怪的感覺。那股情緒十分複雜，像是惋惜又像高興，像是欣慰又像遺憾……讓他一時間無法說話。

不過一旁的高暘歪過頭，很是疑惑：

「什麼浮世宴？還有什麼女巫？這感覺像小孩子的記憶片段啊。」

「那當然了，畢竟這是會把洋娃娃藏起來的小女孩的記憶片段啊！」三水拿起怨牌，指著背面的名字說，「剛才我們不是討論過了嗎？」

「是沒錯，但小女孩的記憶好像沒什麼意義。」

高暘說得沒錯，霍宇祥不否認，但是對他而言，這段記憶並非毫無意義。

他看到了外婆懷念的從前，外婆想挽回的過去……越明白這點，他的心情就越複雜，想幫外婆彌補遺憾的想法也更堅定了。

他抿抿唇，下定了決心，轉頭向同伴們說：

「總之，我們解開了洋娃娃的傳說。繼續解開下一個吧！」

霍宇祥帶頭走出鏡子所在的房間，來到走廊的盡頭。

「不過這裡沒有地方可以去了，那其他傳說要怎麼解開啊？」三水道。

「這裡應該還有路吧？」

聽到霍宇祥這麼說，所有人都轉頭環顧屋內。

這時，一陣冷風從五人的背後吹來，所有人都不自覺地顫了一下。

【第四章】揭穿

現在是夏末，雖然天氣正在逐漸轉涼，不過大部分的夜晚還是炙熱無比。這時從身後傳來的風，卻帶著一股寒意。

——該不會，後面有東西……

所有人都僵著身子，不敢轉頭看去，生怕一回頭，就會看到身後站著不認識的人。

不，應該說是「東西」。

但是微風不斷吹來，甚至帶著一點新鮮空氣的氣味，與古樓內充滿腐朽木材及灰塵氣味的空氣截然不同，讓呼吸順暢了一些。

蘇誠的眉間一皺一放，猛然轉過頭——

「那裡有門開著。」

這一秒，彷彿身上的詛咒被解開了，所有人都轉頭看去。

就如蘇誠所說，五人的背後有一道雙開式的木門，不知道什麼時候打開了一道縫隙，風就是透過這道縫隙吹進來的。

所有人頓時如釋重負，大大鬆了一口氣。

「嚇死我了，我還以為是……」

高暘誇張地拍著胸口，但說到一半就說不下去了。

他不敢說出口。

接著三水也點點頭，「我也是。」

霍宇祥心想，看來大家的想法都一樣，但他又想，那道門是什麼時候打開的？剛才在這裡打開箱子時，明明還是關著的……

他伸手摸了摸放在口袋裡的小本子，艱難地吞了一口口水。

這扇門緊閉著幾十年，會那麼碰巧地在這時候打開，不管怎麼想都沒辦法想出什麼合理的解釋，只可能會是樓下的警察吳正男……

不，別再多想了，想再多都只是自己嚇自己而已！

霍宇祥輕甩甩頭，冷靜一下後開口：「我們去外面看看吧！」

「好。」

其他人都點了點頭，只有蘇誠直盯著霍宇祥，沒有回應。

霍宇祥感受到他的視線，也轉頭看著蘇誠，稍微不解地歪過頭。不過蘇誠只搖搖頭，沒多做解釋。

一行人從那扇門走出來，發現這裡是一條不長的戶外走廊。五人轉頭到處看看，在走廊上沒發現任何東西，因此決定在這裡暫時休息，呼吸一下新鮮空氣，放鬆繃緊的神經。

黎葳的狀況似乎沒有因此好轉，依舊縮在一旁，只露出一雙眼瞪著四周的人。

霍宇祥心裡對她有點過意不去，也有些愧疚，想走過去安撫她幾句或者勸她先回去。但靠在圍牆邊的三水在這時挺直身子，伸了伸懶腰，「我們繼續走吧？」

「等等，三水。」霍宇祥朝黎葳的方向抬了抬下巴，「我先看看葳葳。」

三水順著霍宇祥指的方向看去，看到蹲在高暘身旁的黎葳，扁了扁嘴，但也沒說什麼。

霍宇祥在黎葳的身旁蹲下，無畏她嚇人的目光，拍了拍她的肩說：

「葳葳，妳先回去吧，我請三水或高暘先帶妳回去。」

「嗳，我可不要，我也想繼續探險。」

三水立刻搶道，惹來霍宇祥警告的一記眼神，又閉上嘴別過頭。

霍宇祥抬頭問一旁的高暘，「高暘，可以麻煩你嗎？」

「是可以……但是她從剛才就一直縮著不動。我剛剛其實也問過她要不要先回去，可是不管我怎麼問，她都不回答，只盯著我看。」

「她應該是嚇到了。」霍宇祥嘆一口氣，「那你先帶她回去吧。幫我扶她起來。」

高暘點點頭，伸出手想和霍宇祥把黎葳扶起來。

突然間，黎葳一把將霍宇祥撲倒在地，雙手狠狠掐住霍宇祥的脖子。

「你知道什麼對吧！」

她的聲音尖銳，表情凶狠、眼神狂亂，臉上精緻的妝容被不斷溢出眼眶的眼淚暈開，特意整理過的頭髮也亂糟糟的，看起來很不對勁。掐住霍宇祥脖子的纖細雙手，用力到不斷顫抖。

她咬著牙，從齒縫間擠出話語：「你認識這棟房子的主人，也知道這棟房子有祕密！」

「唔！呃……」

霍宇祥被掐住脖子無法說話，只能難受地發出毫無意義的單音。

高暘和蘇誠驚訝地衝過來，高暘上前想把黎葳拉開來，蘇誠則是使勁將她推開，兩人合力從她手中救出了霍宇祥。

至於三水，她雖然嚇到了，但也緊張地上前關心霍宇祥，和蘇誠一起將人拉離黎葳並護在身後。

三水看向突然發瘋的黎葳：

「學妹，妳瘋了嗎！我們可沒有逼妳來，妳就算再怎麼害怕也不能這樣啊！」

「他是故意的！他有祕密瞞著我！」

「學妹，妳冷靜一點！」

三水的話顯然更刺激到了黎葳，用雙手困住她的高暘甚至差點被她使勁掙脫，只能出聲安撫，同時更往後退了幾步。

一旁，蘇誠摟著霍宇祥，讓他靠著自己坐下。

「阿祥，你沒事吧！」

「咳、咳咳……我沒事。」

「慢慢呼吸，休息一下，沒事了。」

「葳葳、葳葳她……」

霍宇祥擔心地看著黎葳，掙扎著想起身，但是蘇誠扣住他的肩與腰，讓他無法起身。

「你放心，我等一下就讓高暘帶她回去，要直接把她押去什麼廟裡都行，我一定會讓她離開！」

蘇誠一邊說一邊輕拍霍宇祥的胸口，讓他順順氣。

但一旁的黎葳似乎沒有好轉的跡象，依然不斷地嘶吼尖叫道：

「你想害我們是嗎！你到底想來這裡做什麼！說啊——霍宇祥！」

在民間信仰中，據說在鬼屋裡時不能叫全名，否則會被鬼魂跟上。這一項禁忌在進入蓬萊樓時，霍宇祥就叮嚀過所有人了，黎葳現在卻叫出了他的本名，尤其五個人都知道這棟樓裡肯定有「東西」——

蘇誠緊皺起眉，怒不可遏地回頭大喊：「給我閉嘴！」

雖然蘇誠不是個迷信的人，是抱持著寧可信其有，不可信其無的態度去看待這些信仰。

換做平常，他可能會覺得無所謂，但是，今天他親眼看到那麼多無法用常理解釋的現象，甚至親耳聽到了疑似冤魂的聲音，他不能不信！

另一邊的三水和高暘聽到他的怒吼，都嚇了一跳，一個趕忙伸手摀住黎葳的嘴，一個則更使勁壓制住她。

三水和高暘都認識蘇誠及霍宇祥三年了，這三年來，蘇誠的態度都平淡如水，幾乎沒有什麼情緒起伏，一直都是一個平常看似冷漠，其實會做出溫暖舉動的人。這還是他們第一次看到蘇誠動怒。

「唔！唔唔唔……唔唔！」

黎葳還在不停掙扎，蘇誠用一雙細長的眼瞪著她，看到她還不肯罷休，臉頰上的咬合肌明顯地動了動。

蘇誠讓霍宇祥靠牆坐著，兩三步就走到黎葳面前，一隻手扣住她的臉頰，讓黎葳看著他的雙眼。

他的聲音低沉，像焦黑木炭互相摩擦一般乾啞：「妳到目前為止做的任何事，我都不在乎，也不在意，我也一直覺得只要妳不危害到我或阿祥，妳要怎麼鬧都不關我的事。但是，妳竟然敢傷害他！」

蘇誠狠瞪著黎葳並逐漸逼近，直到兩人的距離不到五公分時，他用只有兩人能聽到的音量續道：

「妳敢再害他陷入危險……我會讓妳下地獄。」

「唔……！」

自此，黎葳不再掙扎，瞪大著雙眼驚恐地看著蘇誠。她倒抽一口氣後雙腿發軟，多虧高暘及三水急忙扶住她，她才沒有一下癱坐在地。

霍宇祥趕緊站起身，一把拉住蘇誠：「修！我沒事，你別嚇她了！」

蘇誠轉頭看來，就看到霍宇祥的脖子上有一圈紅印，隱約有手的痕跡。他的臉色更沉了一點，可是霍宇祥根本沒注意到，因為他的所有注意力都在情況明顯不對勁的黎葳身上。

霍宇祥將蘇誠拉開，介入兩人之間並對高暘說：

「高暘，抱歉，能拜託你送葳葳回去嗎？就到附近攔一輛車送她回去吧！車錢我出。」

「好，那我送她回去，不過車錢到時候再說吧。」

「嗯，回去時小心一點。」

霍宇祥看著高暘一下子將縮成一團的黎葳揹起，從原路離開，有點放下心來，但臉色還是不太好看，似是沮喪，似是自責。

就著背後的月光，能隱約看到高暘緩緩走下樓，最後消失在通往一樓的樓梯口。

「阿祥。」

就像在等著這一刻，一旁的三水喊了一聲，霍宇祥轉身看向她：「嗯？」

「她說你認識這棟房子的主人，也知道這棟樓有祕密……那是什麼意思？」

也許因為剛剛才經過一場混亂，三水此刻的聲音顯得格外平靜。

雖然平靜，卻響徹整層樓。

霍宇祥一直聽到她說的話，就像有回音在耳邊不斷迴盪。

他低下頭，用手指搔了搔鼻尖。

「我之前就跟妳說過了，我阿嬤的朋友直到當年出事之前都住在這裡。她認識這家黃家人……偶爾也會跟我說她和這位朋友的故事。所以，如果要說我認識這棟房子的主人，其實也沒錯。」

「是嗎？那祕密呢？她說的祕密是什麼？」

「大概就是我在找的東西吧。畢竟我跟你們說那件事時，她並不在場，不知道我在找我阿嬤放在這裡的東西，我也忘記跟她說了，所以她才會誤會。」

「是這樣啊……」

三水看似平靜地回應，看著霍宇祥的眼神卻越來越深，看不出來究竟相不相信他。

霍宇祥知道現在的情況對自己有點不利，低頭嘆了一口氣，轉頭又對三水說：「妳要不要跟他們一起回去？」

三水抬眼瞥向蘇誠，「蘇哥呢？」

聽到有人提到自己，心情還沒恢復的蘇誠連看都沒看三水一眼就搖搖頭，「我跟他一起走完。」

「那好，我也跟你們一起走完。」

霍宇祥隱約感覺到三水似乎也有點心思，但也不好直問，只能點點頭：「……好。」

他不知道三水在想什麼，不過既然她不回去，那他也沒辦法。

霍宇祥抬腳往戶外廊道的另一邊走去，中途經過蘇誠時，拉著他的手走。

「我們走吧。」

走廊連接著兩棟樓，後半段的走廊有屋簷，遮去了一部分銀白色月光。

就在三人快走到走廊的後半段時，剛才走出來的門內隱約傳來腳步聲！三人馬上回頭看著門口，等著逐漸接近的腳步聲主人現身——

「噯，等等我！」

只見高暘一個人跑過來，露出陽光的笑容對三人打招呼。

三人只覺得一頭霧水，因為如果高暘在這裡，那黎葳呢？

「高暘？」

「你怎麼回來了？黎葳呢？」

霍宇祥與三水忍不住先後問道。

高暘一臉無奈地聳聳肩，「她說她可以自己回家，這裡她家很近，搭車不用幾分鐘，所以如果我也想繼續和你們走完，送她到一樓門口就好。」

「啊？所以你就回來了？」霍宇祥一臉傻眼。

「高同學，你知道現在幾點了嗎？」三水抬起左手看錶，難以置信地說：「現在都十一點多了，你真的就這樣讓一個精神狀態不穩定的女生一個人回家嗎？也太不體貼了！」

「嗯？可是我剛剛是送她坐上車才回來的耶。」

「？」這次蘇誠也加入了霍宇祥和三水，皺著眉頭問，「你們不是才離開幾分鐘嗎？怎麼那麼快就坐上車了？」

高暘也一臉不解地看著三人，「就是非常剛好地有一輛計程車開過來，我就馬上攔下來了啊，送她上車之後，我就馬上跑上來了。這樣很奇怪嗎？」

「就這麼剛好嗎……」

蘇誠低聲喃念的這句話被沒有人聽進耳裡。

霍宇祥直接掏出手機打給黎葳，想叮嚀她要注意安危，但是電話響了一陣子都沒有接。

一旁的三水一臉無言地唸著高暘，她原本想出手揪住這個鋼鐵直男的耳朵，念到他耳朵出血為止，但是一想到黎葳剛才嚇人又令人火大的行為，最後她只打了高暘幾下，不斷碎碎念。

「你對女生就不會體貼一點嗎？送她到家會怎麼樣？你要知道，如果半夜路上有壞人，她是最好下手的目標！」

「我就說了，我是送她上車之後才折回來的。我很確定她坐車走了，還看著計程車開了一段路，確定很安全，不會有問題的啦！」

「唉，真搞不懂你練這一身肌肉除了拿來運動，還能幹嘛……」

「噯，妳這麼說我會很傷心的！這身肌肉就是為了運動練的啊！」

另一邊，黎葳的電話又轉接至語音信箱，霍宇祥猜她或許是沒有餘力看手機，只好又傳了一封訊息給她。

『到家時跟我說一聲。』

「好吧……她都坐車走了，我們也不知道她住在哪裡，所以要找人也沒辦法找。」霍宇祥有些煩躁地搔搔頭，「我有傳訊息給她了，就等她回覆吧！」

「好像也只能這樣了……」

三水回答之後，霍宇祥和蘇誠轉身走在前，三水和高暘在後。

走進後半段的走廊，因為屋簷遮住了日光，兩人只能先打開手電筒。

蘇誠將燈光往身旁的牆壁一轉，立刻出現了一大幅以水墨畫成的八駿圖。這幅畫的尺寸大到占滿整個牆面，四人紛紛退到另一邊，望著這幅畫。

「這幅畫畫得真壯烈呢，好壯觀。」

美術系的三水驚嘆地看著八駿圖，慢慢用手電筒照過去，一臉佩服。

「要畫完這幅畫，肯定要費不少功夫吧？」

聽到霍宇祥這麼問，三水用力點點頭，不假思索地回答：「那當然！這一幅畫拿去賣的話，搞不好可以賣幾十萬了……放在這棟荒宅裡真可惜。」

「妳應該不會想把它帶出去吧？」高暘問。

「如果有正當的手段能把它帶出去，那當然好！雖然不知道是誰畫的，可是這麼古老、壯觀的畫，肯定有收藏價值。」

四人一邊看一邊慢慢往前走，緩緩來到走廊的盡頭。

走廊的盡頭沒有屋簷，完全是開放的，右邊的牆邊則又是個廚櫃，左邊又延伸出小小的陽台。

但是不知道為什麼，這裡即使是戶外，亮光也比對面那塊無屋簷的陰暗許多。霍宇祥疑惑地抬頭看去，手電筒也跟著移動——

「那是傘吧？」

「哦？那還是以前的紙傘呢。」

霍宇祥和三水看著在戶外陽台上飄著的古老紙傘，先後這麼說完，還沒發現到奇怪的地方。一直到那把紅傘開始上下晃動，四人瞬間僵在原地，瞪大眼盯著那把傘。

「那、那把傘……是飄在空中的？」三水驚訝地喊道。

「它是怎麼飄上去的！」高暘也吃驚道。

「難道是——」

霍宇祥突然止住了話。

接下來的話即使他不說出口，其他三人也知道他想說什麼，都屏住了呼吸。

只見那把紙傘還在不斷上下晃動，甚至越來越往前，似乎在刻意接近他們。四人都不約而同地往後退，只是還沒退幾步後背就撞到牆壁，沒了退路。

站在最前面的蘇誠雙眼直盯著那把傘，心裡暗想著，如果傘真的刻意撞過來，那到時候他就一把抓住！

但傘還沒撞過來，就有人伸手一把抓住了傘柄！

蘇誠驚訝地轉頭看去，發現是高暘抓住了傘，並馬上將它收攏。

「……」

氣氛又突然陷入沉默，其他三人都一眨也不眨地看著高暘，嘴巴都合不攏了。

不過高暘沒管那麼多，將手上的傘拿到三人面前，指著傘柄的某一處說：

「你們看，這個是不是剛才在一樓看到的菊花圖案？從警察制服裡找到的木牌圖案上有的菊花圖樣。」

「咦？」

霍宇祥立刻湊上去看，用燈光一照，傘柄上果然有一個菊花的圖案，中間也寫著一個字「龍」。

「這個就是那個菊花木牌的提示！修！」

「嗯，我知道。」

不用霍宇祥催，蘇誠早就拿出了紙筆。霍宇祥也拿出菊花木牌，看著背面的六句成語。

「雨傘的話……應該是指遮風避雨吧。」

蘇誠詳細地記錄下來。

「這裡這麼黑，真虧你看得到呢！」三水拍了拍高暘的胸口，稱讚道。

「我剛剛用手電筒照過去才看到這個圖案，算幸運吧。」

等蘇誠寫完，就算是高暘也不敢再把傘打開了，更不敢接近那個陽台。

剛才他會伸出手，是因為看到圖案很驚訝、一時衝動的結果，不然他其實也很害怕。

高暘把傘靠在身後的牆邊，讓傘倚著牆壁，「我們快走吧！」

四人走進另一棟房子，入口處的門大大敞開著。一踏進來，眼前的牆壁上就貼著一張泛黃的紙，上面只畫著一隻類似鳶的鳥類，還塗成了紅色。

三水和高暘看了幾眼，不以為意地往前走，覺得這張畫沒什麼。不過霍宇祥盯著那隻鳥好一陣子，覺得很是眼熟。

「紅色的鳥……這是朱雀嗎？」

站在他身旁的蘇誠問，「你是說中國神話中的四象，朱雀嗎？」

「嗯，你不覺得很像嗎？」

「你這麼說是沒錯……畢竟現在很少能見到紅色的鳥，除了憤怒鳥？」

看到蘇誠一臉冷淡地開玩笑，一直很擔心他的霍宇祥稍微鬆了一口氣，輕拍了他的背一下，「現在能開玩笑了？不生氣了？」

「人都回去了，我還生氣幹嘛。」大概是有點難為情，蘇誠捏了捏耳垂，低頭看著腳尖說，「而且，你也知道我不常生氣的。」

霍宇祥欣慰地點點頭，「我知道，你是為了我才生氣的，謝謝你啊，修。」

「道什麼謝。快走吧，別和三水他們走散了。」

「呵呵，嗯！」

兩人往前走，遇到一個轉角。轉過轉角，右手邊似乎是個房間，左手邊則是通往樓下的樓梯。

霍宇祥和蘇誠走過來，馬上就看到三水和高暘站在一間房間門前等著。

三水瞇起眼，故意將手電筒照向他們：「你們兩個剛剛在偷偷說什麼？打情罵俏嗎？」

霍宇祥立刻瞪大眼否認，「什麼打情罵俏啦！我們只是在討論牆上的畫而已！」

「畫？什麼畫？」三水問道。

霍宇祥轉頭照向剛才走來的方向，「剛才那邊的牆上有貼著畫。」

「這裡也有畫喔。」高暘說著，照亮身旁的牆面，接著又照向隔著樓梯另一邊的牆壁，「那邊也有一幅。」

霍宇祥驚訝地眨眨眼，忽然不曉得該說什麼。這可能就像現代人會到處貼海報的感覺？

一旁的蘇誠道：「剛才看到的畫是朱雀，這裡的是白虎，樓梯那裡的看起來是青龍，就缺玄武了……以前人的喜好還真特殊。」

三水點點頭，「就是啊，竟然把中國四象當成畫貼在牆上裝飾，就是不知道玄武貼在哪裡了。」

「我們繼續走吧。」蘇誠抬了抬下巴，「就從那一間開始。」

他指的是三水和高暘剛才駐足的那間房間。

這間房間的門大大開著，像在歡迎四人入內。走在最前面的高暘先照亮房內，看到入口正對面的角落放著一個木製矮櫃，上面放著一台收音機。

房間中央則有一張雙人床，頂端四面都垂著暗紅色的布料，似乎是床蓬，有的被綁在角落的床柱上，有的散垂著。

四人紛紛在房內的角落各自翻找起來。

三水和高暘從床邊開始找。面對入口的那一面床蓬沒有放下來，一眼就能看到床上還有以前的繡花被、繡花枕頭，但似乎沒有其他東西。

霍宇祥及蘇誠則走向角落的矮櫃，看到收音機底下夾著一張折成四方形的紙張。兩人抽出紙後攤開來，上面的四個邊角旁畫著中國四象的圖案。

「這是……！」

霍宇祥驚叫一聲，將三水與高暘都引來了。

紙上寫著：

『四象為上古四大神獸

▼正東在八正掛為中為震雷、巽風，據五行屬木為青，乃青色之龍，代表春季。

▼正西在八正掛為中為乾天、兌澤，

據五行屬金為白，乃白色之虎，代表秋季。

▼正南在八正掛為中為離火，

據五行屬火為紅，乃紅色之鳥，代表夏季。

▼正北在八正掛為中為坎水，

據五行屬水為黑，乃黑色龜身蛇尾，代表冬季。』

「什麼？這是什麼意思？」

高暘看完還是一頭霧水，看看左邊的人，又看看右邊的人。

「感覺只是在介紹四象……那個矮櫃上還有什麼嗎？」

三水一邊說一邊湊近矮櫃，手電筒由上而下照去，發現收音機背後似乎有個東西。

「這裡還有東西！」

她拿起來的是個箱子。與剛才打開的梅花令牌箱子差不多，只是尺寸小了一點。

那個箱子上積了一層厚厚的灰塵，上面有個古老的密碼鎖，沒辦法隨意打開。

霍宇祥看到密碼鎖是四位數的，又仔細看了一下那張紙上的訊息，思索一會兒後說：

「難道，剛才看到的四象畫就是密碼的線索？」
「可是上面又沒有寫到牠們代表了什麼數字。」三水道。
「我再去看一下！」
話音剛落，霍宇祥就走出去，先仔細觀察最接近的白虎圖。
只見白虎往下伸直身體，尾巴在臀部的上方繞成一個圓圈，若聯想到數字，那模樣就像是——
「是9？你們看白虎，是不是阿拉伯數字9？」
「什麼？」
其他三人也衝過來，仔細看了看，發現霍宇祥說得沒錯。
「聽你這麼一說，的確像是9！那其他三個呢？」
高暘頓時亢奮起來，立刻照亮身旁牆上的青龍。
青龍細長的身體如蛇，最底下的尾巴向內彎起，身體在中途凹出曲線，在胸前的兩隻龍爪往前伸，頭部也往內彎起，那形狀就是……
「是3！」
這麼看來，四象的圖畫果真都表現了一個數字。
「朱雀在剛才那面的牆上，可是不曉得玄武在哪裡……這附近你們看過了嗎？」

聽到霍宇祥這麼問，三水和高暘都搖搖頭。

「那沒關係，先從知道的開始找吧！」

四人來到入口前的牆面，一眼就看到朱雀畫，而且接近轉角處還有一幅畫，是黑色的烏龜，身上似乎盤著一條蛇。

「喔！這個好像就是玄武！不過，玄武身上有蛇嗎？」高暘看著畫，皺起眉頭問。

「嗯，玄武是黑色的龜蛇，所以那是牠的一部分。」

霍宇祥俐落地解釋完，果然又得到高暘佩服的讚賞。

「哇~真不愧是中文系的。」

一旁的三水也面帶微笑地接道：「是啊，你怎麼會知道那麼多呢？」

不知道是不是錯覺，霍宇祥總覺得三水的眼神裡帶著懷疑及尖刺。

不過他又想，或許是因為黎葳剛才說了那番話，他又有點心虛才會有這種錯覺……霍宇祥故作鎮定地點點頭，轉移話題道：「你們覺得這兩幅畫是什麼數字？」

只見畫中的玄武站起身，圓形龜殼完整展露出來，蛇頭則往上繞起，與烏龜抬不高的頭部隱約連成一個圓圈。

「是8吧。」蘇誠立刻記錄在筆記本上。

剩下的朱雀面朝左邊，高高揚起的翅膀和底下的兩隻腳連成垂直的一條線，如火焰般的尾巴向上揚起，如熊熊燃燒的火焰竄上天空。

「朱雀應該是4。」

霍宇祥不太確定地照著圖形畫了幾遍，這才肯定地說：「錯不了。」

「那麼，如果依照剛才那張紙上寫的順序排出來，或許就是答案。」蘇誠道。

四人再度快步走回房裡，蘇誠拿著那張紙及筆記本，霍宇祥則蹲在箱子前準備開鎖。

「如果是依照提及的先後順序，第一個是青龍，3；第二個是白虎，是9；第三個是朱雀，4；最後是玄武，8。」

蘇誠說完的下一秒，密碼鎖的最後一個數字也轉到了「8」。

但是，鎖還牢牢鎖著。

四人面面相覷。

「……不是依照這個順序嗎？」三水看著那張紙上的內容轉念一想，「會不會是以最後的春季、夏季為順序？就是春夏秋冬，也就是3……4……9……8。」

四個數字轉完，密碼鎖還是毫無動靜。

三水忍不住皺著眉湊過去看，「阿祥，你到底有沒有轉對啊？」

「有啦。」

等她確認過霍宇祥轉的數字是對的，位置也沒錯，就納悶地扁起嘴。

「嗯……還是說，我們少了什麼？」霍宇祥搔搔頭，同時環顧整個房間，「這個房間裡還有其他線索嗎？」

「剛才我們都看過了，床的另一邊是靠著牆，沒有辦法放任何東西。」高暘照向床上說道。

「櫃子那邊也只有一個箱子和這張紙。」蘇誠晃了晃手中的紙。

「那抽屜裡呢？」

「抽屜都被拉出來了，不曉得被丟到了哪裡。」

霍宇祥用手電筒照去，果然就如蘇誠所說，矮櫃裡該有的兩格抽屜都不見了。

這樣實在束手無策……如果找不到密碼的線索，就只能拋棄這個箱子不管了。但如果箱子裝著的就是外婆想找的小木盒呢？

霍宇祥低頭沉思了一會兒，拿出古老的調查筆記。

「沒辦法，只能看看這本筆記裡會不會提到什麼線索，死馬當活馬醫了。」

「這裡面會有嗎？」高暘好奇地探頭過去看。

「感覺不太有可能……」三水抱持著懷疑。

霍宇祥從第一頁開始慢慢翻看，已經解開或是有了一點眉目的傳說就自動跳過。

在仔細看過筆記內容後，最有可能與這間房間有關的，應該就是回魂床傳說。

三水依舊抱持著半信半疑的態度問：

「可是這棟樓裡說不定不只有這一張床啊。」

「來吧，反正按照上面說的試一下也不會有什麼損失。」

霍宇祥說得也沒錯，因此三水只能扁扁嘴，不再說話。

「筆記裡寫著，『謠傳當年闖入搜捕的警察中，有人趴在該床稍歇片刻，便於事發三日後身亡，雖然無法確認消息真偽，但可以留意一下荒宅內的床』，那我們就先查查看這張床吧？尤其……是床底。」

霍宇祥說完猶豫了一下，之後馬上彎下腰一照——

「……床底沒有東西。」

他有點腿軟地爬起身，鬆了一大口氣。畢竟恐怖片裡常常出現鬼藏在床下的畫面，讓他十分害怕。

「那還能怎麼做？躺上去嗎？」

高暘無辜地眨眨眼，說完就想躺上去，但三水拉住他：「可是筆記上說有個警察趴在上面休息，三天之後就……」

高暘差點踏上去的腳緩緩收回來。

「在一樓撿到的小本子裡呢？會不會也有什麼線索？」

聽蘇誠這麼一說，霍宇祥從另一邊口袋拿出那本小本子，又看了一遍警察吳正男留下的日記。

「裡面是沒有提到床，跟床有關的，大概只有這一句話吧。」霍宇祥低聲念道，「『麻布頭套粗魯地照在熟睡中的思義臉上，他近乎窒息的喘氣聲聽起來如悲鳴般刺耳』……代表這個思義當時是躺在床上的吧？」

「嗯，有道理。那我們也一樣躺在床上看看吧？」

高暘立刻對蘇誠的提議持反對意見！

「蘇哥，你剛剛也有聽到吧？之前的社長說有個警察趴在上面，三天過後就死了！你竟然還想躺上去？」

「不然你有其他辦法嗎？」

「是沒有，但是我們是來探險的，我可不想把命也賠進去……」

高暘一下瞪大眼，一下哭喪著臉，表情不斷變化。

一旁的三水也聳聳肩，覺得有點害怕，因此她出聲提議：

「不然，這個箱子我們就先不管它吧？雖然剛才我們說要解開所有的傳說，但這個實在太危險了……」三水的視線裝作不經意地望向霍宇祥，「我們就放棄吧？」

一心只想打開那個箱子的霍宇祥心底一驚，瞪大眼看去，馬上就對上三水探究的眼光。

他又是一驚，立刻低下頭，手指不自覺地搔著鼻尖，「要放棄也不是不行，但我覺得這個箱子設了那麼多關卡，或許是很重要的東西……放棄有點可惜。」

「是放棄有點可惜，還是你覺得這是你在找的東西？」

「什麼？」

三水的眼神變得銳利，平常隨和的模樣完全不見蹤影，原本就稜角分明的臉部線條此刻更緊緊繃著。

氣氛頓時變得緊張，猶如警察在審訊犯人。

霍宇祥苦惱地皺起眉，很是為難的樣子：

「我之前說過了，我這次來，是想幫我阿嬤找東西……所以，如果妳要那麼說的話，那也沒錯，我的確認為我阿嬤在找的東西就在這裡面。」

「……」

三水沒有回話，但是她的眼神明顯柔和了不少，剛才繃緊的稜角也放鬆了一些。

「嗯，三水，我們不是本來就說好是要來找東西的嗎？剛才也說過，大概是黎葳不曉得才會誤會的。」蘇誠也附和道。

三水的眉尾微微垂下，微微低下頭，又沉默了幾秒才放輕語氣道：「……抱歉，是我錯怪你了。」

霍宇祥搖搖頭，「我確實也沒有老實跟你們說，不是妳的錯。」

「哎喲，你們幹嘛啊？在這時候搞什麼內鬨？」高暘不耐煩地皺著眉，「我們現在可是一個團隊，要是起內鬨，怎麼能解開傳說？」

體育競賽中，雖然也講求個人的紀錄成績，但也有團體比賽。對體育系的高暘來說，不能在團體比賽中太過彰顯個人能力，要配合隊友、配合默契才行，像這樣起內鬨是大忌！

看高暘也難得露出嚴肅的模樣，霍宇祥反倒傻笑著回道，「哈哈！我們懂啦，這也不算起內鬨，就是有點誤會而已，沒事啦！」

「是啊，沒什麼。」蘇誠也附和道。

這一招成功緩和了氣氛，三水的表情也不再那麼難看了，也點點頭說：「那不然，我們猜拳來決定誰去躺那張床吧。」

其他三人面面相覷。高暘想拒絕又不知道該不該開口，霍宇祥當然不想放棄這個傳說離開這裡，而蘇誠一臉無所謂。

沉默了一會兒後，四人都伸出一隻手。

「——剪刀石頭布！」

第一局高暘和三水以石頭獲勝，因此霍宇祥和蘇誠又猜了一次拳，最後是霍宇祥贏了蘇誠。

蘇誠十分乾脆地點點頭，轉身就躺上床，似乎一點也不怕筆記上寫的內容，讓其他三人又緊張又佩服。緊張是怕蘇誠真的會受詛咒，在三天後發生什麼事，佩服則是為他的大膽。

就在蘇誠的頭放上枕頭的那一秒，不知道從房裡的哪個地方傳來一道年輕男子的聲音，讓三水和高暘瞬間縮在一起。

『為什麼……為什麼不告訴我？可惡！呼……我、我知道，我知道魔力的真相，肯定藏在那個盒子裡面！

我曾經偷聽到父親和馬賽說過，順序是秋天、夏天、春天、冬天！我、我一定會把他打開的！我一定會！哈哈哈哈……哈哈哈哈……』

男子猖狂的笑聲在最後漸漸消失。

房內陷入幾秒鐘的寂靜，直到蘇誠覺得不會再有人說話，便從床上站起身說：「剛才那是這張床的主人嗎？」

「應該是。剛才好像也聽過類似的話，我記得是在……」霍宇祥摸著下巴沉思，慢慢回過神，憶起剛才聽到的話，「剛才我們在章國華的回憶裡聽過類似的話，那時我們就大概猜到了說話的年輕男人叫黃思義。」

「那這裡應該就是黃思義的房間了。」
蘇誠走到箱子前，看看密碼鎖又看看手上的紙張。
「剛才他說，他偷聽到了順序，是秋天、夏天、春天、冬天……跟這張紙上寫一樣，八成就是這個箱子的密碼順序。」
聽到蘇誠這麼說，其他三人才頓時頓悟過來。
「對喔，我剛才只顧著在意他是誰，都忘了這件事。」三水說道。
三人都湊到蘇誠身旁，看著蘇誠依照順序翻動密碼。
「秋天是9……夏天是4……春天是3，最後的冬天是8——」
喀噠！
一聲細微的聲響迴盪在寂靜的房內，密碼鎖應聲打開。
「打開了……！」
蘇誠掀開箱蓋，裡面躺著的是一塊紅色的怨牌。
「是怨牌，背後寫著黃思義！我們推測得沒錯！」
高暘一邊說一邊高興地抓著蘇誠的肩膀搖晃。
「好了！別搖我了，會頭暈！」
蘇誠一臉不耐煩地皺起眉，拚命想甩開高暘，只是他的體型無法反抗滿身精壯肌肉的高暘，根本掙脫不了對方的禁錮，只能開口制止。

「那我們現在馬上去看看他的回憶吧！」霍宇祥提議。

其他三人都點頭同意，腳步不自覺地加快，從房間跑向通往戶外廊道的入口。

但匡噹——！一聲，木門竟然就在他們眼前自己關上了！

四人不敢置信地瞪大了眼，高暘握住門把拚命搖動，想憑蠻力把門打開，但是看似脆弱的木門居然毫無動靜，牢牢關著。

「這是怎麼回事？為什麼門打不開啊！」

高暘還在拚命晃動木門時，三水後退一步，發覺身後有冰冷堅硬的東西！

「嚇！」

她倒抽一口涼氣，猛地轉身看去。

身旁的霍宇祥及蘇誠也朝她看去，手電筒順勢照向她身旁——

「是鏡子！」

門關上後，藏在後頭的鏡子出現在四人眼前。

【第五章】

困局

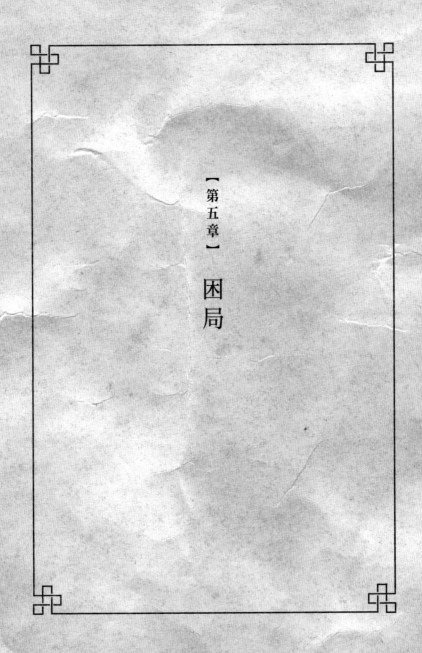

這座鏡子與前面那棟樓的相似，不過木頭的顏色似乎不太一樣，霍宇祥記得剛才那面鏡子是黑木，這面則是紅色的。

黑木製成的鏡子能顯現出怨牌裡藏著的記憶，那麼這面紅色的……

「是對應黑色的願牌嗎？」

其他三人一時聽不懂霍宇祥的意思，都紛紛發出疑惑的單音，其中蘇誠最快反應過來。

「你是說，這座鏡子能看到黑色願牌的記憶片段？」

「嗯。我們來試試看吧！」

蘇誠應霍宇祥的要求，從包包裡拿出兩個黑色願牌，遞給他。

「謝了。」

霍宇祥接過來看了看兩個願牌，沒考慮幾秒就決定先放上寫著「白山石」的願牌。

這時，跟另一座鏡子亮起時一樣，有一陣風將白霧帶來，幾乎遮擋住了四人的視線。當煙霧逐漸散去，頭頂的半空中也出現了畫面。

在一面掛滿相框的牆面前，一位身穿類似原住民服裝的長髮男子，正專注地看著牆上的畫——正是畫著神祕圖樣，一觸碰就會出現細微變化的那幅畫！

霍宇祥驚訝地瞪大了眼，十分專注地看著畫面。

一道耳熟的男聲從畫面中傳來：『馬賽！』

長髮男子回頭看過來，耳熟的男聲又問：『你在幹什麼啊？』

名為馬賽的男子微微勾起嘴角，眼帶感概地環顧著四周，輕聲道：

『雖然魔力將盡，但我好像還可以感受到這棟酒樓擁有的生命力。以前父親常開玩笑，說蓬萊樓是一棟不受時空拘束的寶樓，只要用心體會，就可以感受到過去的、未來的……所有可能發生在這裡的故事。』

說著說著，馬賽突然將手放上那幅畫作，讓霍宇祥嚇了一跳，注視著馬賽手下的畫。

馬賽續道：『我就想，如果我這樣觸碰蓬萊樓，或許父親就可以感受到我的思念吧。』

畫作上的圖樣果真如霍宇祥剛才看到的一樣，發生了緩慢細微的變化——隔了一段距離來看，就像從中心擴散出去的線條們在扭動，像在拍動翅膀，也像在掙扎。

可是畫面中的馬賽不為所動，像在看著普通的畫。

馬賽再度轉頭看向這邊，帶著一點期待地問道：『黃先生，魔力……真的可以穿越時空的吧？』

——怦通！

霍宇祥感覺到自己的心臟像被人緊緊抓著，悶得難受。不過此時鏡子又散出一陣煙霧，鏡面也轉暗了，沒有人看到霍宇祥驚訝的神色。

外婆說過的話在他耳邊響起：「以前你祖公常常開玩笑，說要趁那棟樓還有魔力的時候穿越時空，回到過去看看……」

現在他知道這棟樓在過去是有魔力的，也可以利用魔力穿越時空，可是現在呢？該怎麼知道現在還有魔力？還有，怎麼做才能穿越時空？

當霍宇祥還陷在思緒裡時，身旁的三水低喃道：「魔力可以穿越時空……可是，能穿越到哪個時空？未來也可以嗎？」

「不曉得。」高暘聳聳肩，看起來十分冷靜，「我是沒什麼興趣，因為我滿喜歡現在的生活，不想穿越時空。」

「你是笨蛋嗎？如果能穿越時空，我們搞不好就能穿越到未來，去看樂透的中獎號碼賺一筆！」

三水的歪腦筋讓蘇誠無奈地搖頭，「妳怎麼能保證妳不會穿越到一百年後的未來？就算看到了中獎號碼，妳能活到那時候嗎？」

高暘也點點頭，表示認同，「沒錯，蘇哥是對的，蘇哥永遠是對的！」

被兩人潑了兩桶冷水，三水略帶不滿地咂舌碎念：「你們這些沒想像力的男人……」她又疑惑地看向呆站著不動的霍宇祥，「阿祥，你怎麼了？怎麼不說話？」

「啊？唔……」

剛被喚回神，霍宇祥就被手電筒的亮光晃得瞇起眼，下意識地舉起手去擋。

一旁的蘇誠出手壓低三水拿手電筒的角度，「別對著眼睛照，會傷到眼睛。」

「喔。」三水不以為意地點點頭，又問，「阿祥，你也想穿越回到過去嗎？」

「啊？」本來就心虛的霍宇祥心慌了一下，「怎麼這麼說？」

「你不是一直在發呆嗎？你也和我一樣，在想能怎麼回到過去吧？」

「啊，原來是這樣。」霍宇祥趕緊搖搖頭道，「不是啦！我剛剛是在想這個馬賽剛才看的那幅畫，我剛才也有看到。」

高暘輕喊了一聲，「喔！聽你這麼一說我才想到，好像是耶！」

「他碰著那幅畫，說自己是在觸碰蓬萊樓……所以我在想，對他來說那幅畫就是蓬萊樓嗎？」

「或許是吧。」

或許是對這個話題沒興趣，三水一臉冷漠地聳聳肩回應。

看他們的反應，好像沒看到那幅畫的改變——霍宇祥忍不住皺起眉。

為什麼？那個變化那麼明顯，他們都沒看到嗎？那他為什麼能看到？

就在他差點又要陷入思考時，三水用手肘碰了碰他的手臂，說：

「不是還有另一個木牌嗎？快點放上去吧！或許這樣才能打開門啊……被關在這裡莫名地可怕。」

「……好。」

霍宇祥換將手上的願牌放到檯面。

強風吹來，白霧繚繞又逐漸散去，但這次頭頂上沒有出現任何人的回憶，只有一段字：

『一九三零年，最後的浮世宴中，

白山石的女巫選擇離開，

成就了您眼前的未來。

您為何而來？

心中有所祈願嗎？』

文字逐漸轉淡時，畫面忽然不穩地閃了幾下，如參雜了雜訊，上上下下晃動了好幾下，最後完全轉暗。

「嗯？搞什麼？就這樣嗎？」高暘皺著眉道。

「怎麼感覺就像電視壞掉了一樣……」三水也不解地歪著頭。

蘇誠也有相同的疑問，但他只聳聳肩表示不曉得，沒有說話。

霍宇祥雖然知道浮世宴，也知道那位女巫，但是這段文字也讓他感到疑惑，與蘇誠對看了一眼。

三水看向身旁的蘇誠和霍宇祥，見到兩人也是一臉茫然，放心似的點點頭說：「看來我們都看不懂，那就別管了吧！那可能根本沒有任何意思。」

「……或許是這樣。」蘇誠也點頭認同了三水的意見。

「現在我們試試看門能不能開吧？剛剛搞不好是因為風很大……」

三水這麼說，讓其他三人的注意力又轉向那道打不開的門。

然而就像約好了一樣，他們都自動忽略掉方才那道門是自己關上的事實——雖然他們都看到了，也知道屋內完全沒有風，但就是不想往那個方向想，努力說服自己。

高暘再度走上前，用力拉動門把——門還是一動也沒動。

「呼……再試一次！」

高暘再度使勁想拉開門，他的手臂上都浮現出青筋了，甚至兩隻手都在發抖，但還是打不開。

……太詭異了，畢竟高暘是四人之中最有力氣的人，一道經過幾十年的時光摧殘，邊邊角角都遭到腐蝕、門板也開始腐朽的脆弱木門，連他都打不開就不太合理了。

四人不約而同地吞下一口口水。

人會下意識地逃避害怕的事物或情況，但當最後手段行不通，也只能面對最不想面對的現實了。

或許是沒有人想從自己的口中說出這個事實，屋內安靜了一陣子，最後是霍宇祥顫著聲音說：「說不定……是我們還有東西還沒找到。」

「所以才把我們鎖、鎖在這裡嗎？」三水結結巴巴地說完，看向霍宇祥尋求解答。

霍宇祥也不曉得，只能低下頭，不太肯定地回道：「那邊還有幾間房間，說不定……我們解開所有傳說，就能出去了。」

「但剩下的傳說都在這裡嗎？」

三水的問題把霍宇祥堵得不知道該怎麼回答，這時一旁的蘇誠幫忙道：

「可是妳也看到了，門就是自己關上了，我們也只能盡量想辦法。」蘇誠照亮剛才經過的走廊，「我們剛才也解開了回魂床的傳說，沒剩多少了。」

這麼說是沒錯……

三水看了看蘇誠，沉默幾秒，最後低聲道：「……也是，走吧！」

由最靠近走廊的蘇誠帶頭，三水和高暘先後跟上他的腳步。霍宇祥也抬腳跟上，但他忽然想起木牌還放在鏡子檯面上，因此轉身走回鏡子前。

這時，又有一陣微風帶來白霧，飄散在他的周身！

霍宇祥抬眼一看，剛才畫面消失的位置又隱約出現了一點字，雖然不斷上下晃動，但還是看得清楚。

『找到開啟魔力的關鍵物品，至夾縫門前輕搖三響，魔力會替您打破時空的拘束，請順著自身心意，將重要的訊息傳遞給那位能夠改變命運之人。』

他剛看完最後一個字，畫面就立刻消失了，彷彿頓時失去電力的電器瞬間失去了生命。

「難道……現在的確還有魔力，但是快沒了……？」

這兩面神奇的鏡子為什麼能顯現出記憶？使它們運作的能量又是什麼？

在這棟蓬萊樓裡，要用魔力將木牌內的記憶片段具現出來或許不是不可能。無法顯現出記憶的話，就有可能是將記憶片段具現化的能量──魔力快用盡了……

霍宇祥猛然抬起頭，看著一片漆黑的鏡子，頓時恍然大悟！

「時間不多了……！」

幾十年前，就是因為魔力快耗盡了，所以外祖公──黃東盛才會決定停辦浮世宴，並關閉蓬萊樓！直到現在，蓬萊樓雖然還保存著一點魔力，但也快消失了！

——若要彌補阿嬤的遺憾，得在魔力徹底耗盡前利用最後的魔力，穿越時空才行！

霍宇祥的雙手握緊拳頭，回想著最後看到的文字：「要找到開啟魔力的關鍵物品，那是能搖響三響的東西——」

「阿祥？你還在那裡做什麼？」

「咦！」

霍宇祥猛然轉身一看，發現其他三人都在轉角處看著他。他急忙搖搖頭，拿起檯面上的木牌：「我忘了拿這個！」

「嗯，那快過來吧！我們快點找完才能出去啊！」

高暘著急地催促道，霍宇祥連忙點點頭，「嗯！」

經過剛才那間房間，四人加快腳步往前走，看到一旁的樓梯前方和右前方各有一道門。

或許是還抱持著一絲希望，高暘將手電筒往樓梯照去，發現那道樓梯在中間斷了一截。

「這邊沒辦法下去啊，我還在想或許能從這邊下去，找到出口呢。」

他嘆了一聲，讓其他三人也回頭看向通往樓下的樓梯，然後各自嘆了口氣。

「快走吧，時間很晚了，得快點找到才行。」

被霍宇祥如此催促，一行人再度回過頭，看向樓梯右前方的門。

蘇誠伸手轉動門把，但是門上鎖了，沒辦法打開。

「沒辦法，直接進去另一間房間找吧！」

時間所剩不多，魔力就快用盡了。霍宇祥忍不住心急起來，頻頻催促。

其他三人沒有因此感到不對勁，在最前面的蘇誠推開半掩著的另一扇木門。用手電筒照去後，即使看到房內一片凌亂也不再感到驚訝了，在這棟房子裡，這種狀態才符合常理，畢竟曾經被政府查封、搜索過。

這間房間比之前看過的任何一間還大，一進門就看到兩個櫥櫃，一個嵌入了牆中，一個與牆面垂直放著，變成一道短牆，隔出兩個空間。繞過這一個不寬的櫥櫃，就能看到房內休息的空間。

右邊有一張雙人床靠牆放著，中間及左邊的空間也是一片凌亂。小小的木製圓桌被翻倒過來，地板上有不知原本是什麼的陶瓷碎片，左邊的衣櫃也被倒在地上，一個梳妝櫃也側倒在地，裡頭的東西都被清空了。

側倒的梳妝櫃上頭有一個箱子，模樣就和之前幾個放著怨牌的箱子一樣！

發現箱子的高暘喊了一聲：「喂！這裡有箱子！」

一行人各自躲過地上的東西，湊到箱子前面。

「這個箱子有上鎖，裡面肯定也有東西。」

「搞不好也是怨牌，可是密碼是什麼？」

三水和高暘討論著，霍宇祥也湊到箱子前，看到的確有個密碼鎖。

「附近沒有什麼嗎？」

所有人都在附近看了看，「好像沒有。」

不過蘇誠在梳妝櫃裡找了找，從一個抽屜裡抽出一張符咒。

「這個會有幫助嗎？」

「噯，等等，這個符咒……可以亂動嗎？」高暘趕緊說。

「不曉得，但上面的圖案好像不太對勁。」

其他三人拿過符咒仔細一看，上半部就跟一般的符咒一樣，但下面卻是一個菱形，中間寫著一個紅字「解」，四個角由上面以順時鐘看下來，依序寫著「子」、「我」、「風」、「夫」，下半部有四行字：

『汝心之所願
匯於四方之中
以子為大　以夫為先
隨風而行　隨汝之望』

「下面那四行字，看起來是一首詩。」霍宇祥說。

「和上面的四個字有關嗎？」

三水問道後，霍宇祥仔細看了看，點點頭，「應該是，但這樣還是沒辦法解開這個密碼鎖。」

「這間房裡搞不好還有需要的東西。」

蘇誠這麼說完，開始在房內四處到處尋找。其他三人見狀也跟著到處翻找。

「但是，我們怎麼知道要找什麼啊？」

三水一邊翻找一邊問，蘇誠也答道：「我們要找的，應該是有寫字的東西，比如信件或文章。」

「那感覺會在書櫃上，我去門口的櫥櫃找找。」

霍宇祥走到房門口，先在區隔出空間的櫃子上翻找，但是上面幾乎沒有東西，就算有，也大多都是裝飾用的擺飾，沒有任何紙張，擺飾上面也沒有刻字。

他轉頭看向另一個嵌入牆中的櫃子，第一眼就被貼在某一格櫃子上的符咒吸引目光。

這個櫃子分為左右兩邊，都分成了四格，每一格都有各自的櫃門，可以分別打開，而那張符咒就被貼在從上面數來第二格的右邊櫃子上。

但更奇特的是，這個櫃子的櫃門都像鏡子一樣，霍宇祥稍微照亮櫃門上的玻璃，就能清楚看到自己的樣子倒映在上面。

總而言之，上面貼著符咒肯定值得一查！

霍宇祥轉頭朝房內的三人喊：「你們過來看看！」

其他三人走過來，也看到了那張符咒。

三水有點害怕地說：「這張符咒還剛好貼在正中央，我們剛才走過時都沒注意到。」

「就算注意到了，一般人也不會故意去動它。」蘇誠回道。

「但我覺得，這個櫃子肯定跟那個箱子有什麼關係。」霍宇祥用下巴示意蘇誠手上的符咒，「搞不好那就是缺少的關鍵。而且你們看，這個櫃子其實也可以當成鏡子用。」

他立刻用手電筒微弱的燈光照亮櫃子的玻璃，想證明自己的發現。

蘇誠的黑色眼珠轉了轉，不太確定地說：「那本筆記裡，是不是也有提到關於鏡子的傳說？」

他依稀記得，有個傳說與鏡子及冤魂有關。如果筆記裡有其他線索，大概就能確定這個櫃子的鏡子是不是正確的。

霍宇祥立刻拿出調查筆記，找到了確實與鏡子有關的傳說。

「是鏡中鬼傳說，上面說『用特製的符紙，貼於鏡中倒影的額頭時若發生異象，正是鏡中鬼的特徵』。」

「上面沒有寫是哪一面鏡子嗎？因為提到鏡子的話，」三水指向二樓入口的鏡子，「那裡就有一個大的啊。」

「是那樣沒錯，但我覺得不可能。」

霍宇祥說完伸手碰了碰符咒，不過其他三人見狀都不自覺地屏著呼吸。

貼在櫃子上的黃色符咒紙與在梳妝櫃中找到的不同，雖然同樣都是黃色的紙製成，不過梳妝櫃裡的顯然比較新，而且沒什麼泛黃損傷。

反觀櫃子上的符咒，不僅泛黃、遭啃咬掉一小角，還輕輕一碰就掉下來，飄然落地。

「……」

四人都跟著符紙低下頭，最後視線定在地面上。

雖然撕掉符紙並不是他的本意，不過霍宇祥有點難為情地道：

「我不是故意要撕掉它的，我只是輕輕一碰，它就掉下來了……」

全部過程其他人都看到了，看著霍宇祥的表情都有點無言。

高暘點點頭，「嗯，我們看到了。」

三水搖頭嘆了氣，「所以你為什麼一定要碰它呢？你還是嬰兒嗎？還在靠觸感認識這個世界嗎？」

不同於高暘和三水，蘇誠雖然也有點無言，但還是好聲好氣地問霍宇祥：

「不要緊，這或許沒什麼關係。不過筆記上應該有寫解開傳說的方法吧？」

霍宇祥點點頭，但看完筆記又搖搖頭。

「下面的筆記只有寫到，那位社長在場勘時有在門口試著用自己準備的鏡子做過實驗，但沒有發生類似的情形，如果傳聞屬實，也許需要調查宅內其他的鏡子。沒有什麼有用的資訊。」

「要我們自己去找的意思嗎……這下傷腦筋了。」

蘇誠看著地上的符咒，又將手電筒照向原本貼著符咒的那格櫃子。

若是光線的角度剛好，的確是能從玻璃上看到自己的模樣。

「不過，既然這格櫃子貼著符咒，就代表有什麼吧？」

三水看了看掉在地上的符咒，想把它撿起來貼回去，可是符咒明顯已經殘缺不堪了，很難黏回去。

視線一轉，她看到蘇誠手上的另一張符咒。

「蘇哥，不然你把那個符咒貼上去看看吧。」

「這張嗎？」

三水點點頭，「剛才那張符咒看起來不能用了，搞不好這就是想要我們換上新的，你就貼上去看看吧！」

「是這樣嗎……」

蘇誠有點疑惑地看向霍宇祥，想徵求他的意見，不過霍宇祥也點點頭。

「就試試看吧！畢竟我們目前握有的線索只有這兩個了。」

這麼說也有道理，因此蘇誠也點頭答應。

為了看清楚玻璃上的黏貼痕跡，蘇誠蹲下身子，將符咒對準之前黏著的位置。從玻璃上來看，就像是將符咒貼到他的額頭上。

忽然間，玻璃上浮現了一串文字，讓一向冷靜的蘇誠嚇得往後退了幾步，霍宇祥連忙扶住他。

「上面……出現了字！」

「嗯，我們也看到了。」

霍宇祥馬上就湊到櫃子前，一看，上面果真浮現了一串文字：

『在張牙舞爪的惡意當前，

我與丈夫明白家人面臨的處境，

儘管嘗試將孩子倆送往安全住所，

但面對鋪天蓋地的監視，
始終找不到適當的時機。

蓬萊樓啊，
如果祢真的有魔力的話，
懇求實現這渺小的心願。
即使以我那好似風中殘燭的性命為代價，
只求思義思言能平安。

一九五〇年一月』

「看來這張符咒真的是個線索……」
誤打誤撞，不經意幫到忙的三水有點不敢置信。
「我猜，這段文字和符咒上面的詩八成和密碼有關。」心情迅速平復下來的蘇誠也湊過來仔細看了一下，這麼說。
他撿起之前的符咒，拿到現在貼著的符咒旁，續道：

「認真來說，把這張符咒和之前的符咒仔細一比，就會知道這張不是一般的符咒，你們看。」他細長的手指指著新符咒的下半部，「除了上半部，中間和下半部明顯不同，而且鏡子在換上新符咒後才出現文字，我想肯定就跟我們想的一樣——將這個符咒上的提示，配合這段文字來看，肯定就能找出密碼。」

「但是這個符咒……該怎麼看啊？」

高暘看了看符咒的中間又看看下半部，別說是玻璃上的字了，他光是看到那張符咒就頭痛！只能將這個任務交給其他人。

「大概是這樣吧。你們看，這四句詩詞裡，有上面的三個字『子』、『風』、『夫』，而詩詞說『以子為大，以夫為先，隨風而行，隨汝之望』，我猜這就是在暗指順序。」霍宇祥用手指滑過符咒上的字，「第一個是子，第二個是夫，接著是風，最後是汝……但上面沒有汝這個字，所以有可能是對應到『我』。」

「詩詞之類的東西，果然還是要靠中文系的學生啊……」

這次不是高暘發出感嘆，而是三水，兩人的表情都帶著佩服。

霍宇祥有點無奈地笑著，「等等，我還沒說完呢。別忘了這四句前面還有兩句話：『汝心之所願，匯於四方之中。』也就是說，我們想要的就在四方匯集之處，若是以上面的圖形來看，這個菱形指出了四方，所以我們想要的答案，就是中間的『解』字。」

「所以搭配這段字來看，先找到『子』，解答在『子』的下面的話，那就是『倆』？」

依照霍宇祥說的邏輯去想，蘇誠試著解開第一個答案。

發現是數字的瞬間，他不自覺地輕挑起了一下眉，繼續往下找：

「接著是『夫』，在他右邊的字是『舞』；然後是『風』，上面的字是『似』，最後是汝……如果照剛才說的，對應到的是『我』，那左邊的字就是『義』。」

蘇誠一邊說，一邊將找到的解答寫上筆記本。

全部找到後，四人將答案拼湊起來。

「如果剛才的邏輯沒錯，那就是二、五、四、一。快去試試看。」

四人紛紛快步回到箱子前，最先抵達的霍宇祥迅速轉動密碼鎖。

最後一個「一」轉到中央時，鎖頭發出熟悉的喀噠聲——開了！

掀開箱蓋，裡面又是一張怨牌，背後的名字是「李小蘭」。

「從那段文字看來，這應該是女主人的吧。」或許是想到了這一家人的遭遇，三水有些感嘆地道。

「這也只能先收起來，等能出去時，回去前面那棟看看——」

這時，一道風從房門口吹進來，也吹進一聲尖銳的吱軋聲。

四人互視一眼，爭先恐後地衝到房門口一看……

「門開了！」

三水喊的這句話讓所有人眉間一動，拔腿就衝向入口。

穿過木門，短暫呼吸到戶外廊道的新鮮空氣後，四人馬上衝進前面那棟樓。

在門打開的那一瞬間，四人的腦袋裡都只有一個念頭——快逃！

但霍宇祥從戶外廊道跑進前棟大樓時，轉頭又瞥見剛才被放在閣樓樓梯口的洋娃娃，不自覺地慢下腳步。

——要是在這時候逃跑，還有機會能進來這棟蓬萊樓嗎？

畢竟長久以來，這棟樓一直都受到魔力保護，現在魔力快消逝了，難保這棟樓不會因此發生任何意外。

漸漸地，他落到了最後一個，甚至當其他人都跑向一樓時，他就駐足在二樓的樓梯口，猶豫著要不要踏下那一階階梯。

或許在這棟樓裡真的能完成祖公的願望，並彌補外婆的遺憾。但是，如果他現在貿然行動，會不會將其他三個同伴牽扯進來……？

沒有人知道回到過去後還能不能回來，而且既然要依靠魔力才能穿越到過去，那回到現代時，是否也一樣要依靠魔力？

其中有太多不確定的因素了，若是現在任意行動，有可能會造成無法挽回的後果……如此心想，霍宇祥毅然決然地跟上其他三人的腳步。

忽然間，一樓大門傳來匡啷聲響，似乎有人從門外進來！

剛好來到最後一階階梯的三水頓時定在原地，轉頭將食指抵在嘴前，朝身後的同伴們示意別出聲，並馬上關掉手電筒。

果不其然，下一秒大門口處就有亮光朝裡面照來，垂墜下來的大片布幔下方也出現一雙皮鞋。不過布幔遮住了一大半的視線，無論是從門口往內看，還是由內往外看都看不清楚彼此。

「嘖！平常這裡都好好的，沒事啊，怎麼突然有人說看到了燈光……這裡連學長都不敢來巡邏啊，有夠陰森的。」

一道低沉沙啞的男人聲音伴隨著緩慢的腳步聲，迴盪在一片寂靜的屋內。

他說巡邏……那八成是警察！

三水瞬間緊張起來，對身後的人揮揮手，要他們趕快上去！卡在樓梯上的蘇誠和高暘都放輕腳步往回走，雖然在黑暗中有點看不清，三人仍手腳併用地爬回二樓。

不出幾秒，當三水的後腳剛收回二樓，一樓大廳就被燈光照亮，腳步聲也停在不遠處。

「沒有人啊……搞什麼啊！肯定又有人惡作劇假報案了！真是的，想嚇死誰啊！」

男人似乎沒有再往內走，只站在門口不遠處張望一下，就嘴裡哀怨地念了幾句，又折回門口。

接著又是匡啷一聲，然後是幾聲喀啦聲響——聽起來像在上鎖的聲音。

「噯，門要被鎖起來了！快去阻止他啊！」

三水馬上著急起來，轉身就想衝下樓，但是蘇誠一把拉住了她，「如果被發現我們私自闖進來，可能會被抓啊！」

「什麼？」高暘瞪大了眼，但他還記得要壓低音量。

「聽說這裡還是屬於國家的財產，要是非法入侵是會被抓的。」霍宇祥補充道。

「唔……該死，我沒想到會有警察過來！」三水忍不住皺著眉低聲罵道。

想了一會兒，她又問：「那現在呢？門被鎖起來了，我們該怎麼出去？砸破窗戶嗎？」

「這樣會不會又構成破壞公物罪啊？」

高暘剛說完，三水立刻一下打上他的手臂，「現在這種事有關係嗎？如果不想辦法逃出去，你想待在這裡等到天亮嗎？」

「就算等到天亮，沒有人來開鎖我們就出不去。」

蘇誠的這句話引來三水和高暘煩惱的嘆息。

他低下頭，思考著能怎麼逃出這棟古樓，但是目前可行的方法的確就是找一扇位置隱密的窗戶逃出去。

為了徵求好友的意見，蘇誠抬頭往身後看去，發現霍宇祥手裡正拿著警察的筆記本，盯著書皮不知道在想什麼。

「阿祥，你怎麼了？」

蘇誠湊過去仔細看了一下霍宇祥的臉色。

看起來是沒有什麼異狀，但是表情特別嚴肅。

霍宇祥也抬眼對上蘇誠的雙眼，抿了抿唇，猶豫幾秒後皺著眉說：

「你們……都記得這棟樓有魔力吧？」

這個問題問得太突然，讓其他三人皺起眉。

蘇誠困惑地問：「剛才的確一直都有提到魔力，但是魔力怎麼了嗎？」

「對啊。」高暘也伸手搔了搔平頭，「而且阿祥，你相信那是真的嗎？」

霍宇祥想了幾秒後點點頭，「那是真的。」

「呃，阿祥，原來你會相信那種毫無根據的東西啊。不過那是沒關係啦，我們現在更重要的是想辦法出去——」

「如果我們解開所有傳說，這裡沒有那些傳說的神祕之後，或許魔力就會把我們送回去了。」

這句話又讓其他三人皺起眉，其中高暘和三水忍不住同時問道：

「啊？」

「你是認真的嗎？」

霍宇祥點點頭，「我們剛才看到了那麼多不可思議的現象，你們還不相信魔力是真的存在的嗎？」

「阿祥，你先冷靜一點。剛才那些奇怪的現象不都是那個……」高暘有點不自在地環顧四周，像在害怕什麼，頓了一下才道，「那位警察叔叔做的嗎？」

「不，除了那些，還有一些魔力存在的證據。」

「什麼？」三水皺起眉。

除了霍宇祥，其他三人互相看了看。

三水和高暘明顯不太相信霍宇祥的說法，至於蘇誠，他雖然皺著眉，但還是偏向相信好友。

這時，三水似乎沒了耐性，走到霍宇祥的跟前厲聲問：

「你是不是不想離開這裡，還想騙我們留下來？你到底想在這裡做什麼？」

赤裸裸的懷疑讓氣氛瞬間緊繃起來，三水的眼神中似乎還帶著刺，銳利得能一口氣刺破皮膚，深可見骨。

不過霍宇祥沒有動搖，點了點頭又搖搖頭，說：「我的確還不想離開，因為我還沒找到我阿嬤想找的東西……但是我並沒有騙你們，魔力是真的存在的，也絕對不是想藉此把你們留下來。」

「就只是因為這樣？只是為了找你阿嬤想找的東西，我們就要留下來幫你嗎？」

霍宇祥沉著氣，也耐著三水的怒意，緩聲解釋：

「如果剛才門還開著，你們想離開的話我不會挽留你們，我也會建議你們離開。但是現在門被鎖起來了，如果不想留下任何前科或不良紀錄，我們或許能用魔力賭一把。」他拿出菊花木牌及老舊的社團筆記，「我有預感，如果解開這裡面所有的傳說，魔力會實現我們的願望——離開這棟樓。」

「……」

屋內安靜了幾秒，三水打量似的看了看霍宇祥手上的菊花木牌和筆記，又對上霍宇祥毫不閃躲的視線，思考了一會兒後開口：「那你說的證據呢？魔力存在的證據是什麼？」

「跟我來。」

不等其他人回答，霍宇祥逕自轉身走向掛滿相框的房間。

蘇誠看了三水一眼，眼神分不出是埋怨還是無奈，之後轉頭跟上霍宇祥的腳步。

而被蘇誠看了一眼的三水心裡很不是滋味，越想越鬱悶。因為就如黎葳所說，霍宇祥的確有所隱瞞，而且到了現在還不想坦承。但是蘇誠似乎不這麼想，還死心踏地地相信著霍宇祥，包括他說的魔力！

三水看著兩人走進房間的背影，咬了咬唇，垂在腿邊的手也不自覺地握成拳頭。

「三水？妳不跟去看看嗎？」

還在她身旁的高暘將三水喚回神，她堅定地點點頭，「走吧。」

——她要看霍宇祥到底有什麼證據，證明魔力真的存在。

三水和高暘走進掛滿相框的房間時，霍宇祥與蘇誠已經站在一幅畫作前等著了，兩人也走過去，看了看眼前的畫。

是那幅用許多小圓點構成線條，中間有個奇怪圖騰的畫。

霍宇祥將手電筒對著那幅神奇的畫作，認真無比地說：「看好了。」

只見他伸出一隻食指，點在畫作的其中一條線條上。

這時，奇妙的現象發生了！

不只是差點被食指點到的小圓點往旁邊移了一點，食指附近的小圓點也稍微動了一下。

接著，霍宇祥像在畫圓圈一樣，食指在畫作上滑過，小圓點也肉眼可見地不斷移動。

三人都瞪大了眼！

「這……這是怎麼回事？」

「那些小圓點為什麼會動？」

三水和高暘先後驚喊出聲，蘇誠則又驚又疑地看看霍宇祥，又看向那幅畫。

「剛才我說過，這幅畫有出現在白山石族的記憶裡。」霍宇祥收回食指後，畫上的小圓點又紛紛回到原處，「在記憶片段裡，那個叫馬賽的男人伸手碰著這幅畫，說他正觸碰著蓬萊樓。換句話說，這幅畫就是蓬萊樓，兩者之間應該是以魔力相連的。」

但三水沒有放過任何疑點，「但你說是應該，代表你也不確定吧？」

「那妳能解釋這幅畫為什麼會動嗎？」

「唔！這……」

反被霍宇祥問倒的三水緊抿著嘴，別過頭。

「還有，這棟房子裡的兩座鏡子如果不是魔力使它們運作的，那怎麼能出現記憶片段？和鏡子有關的那些木牌又是怎麼出現的呢？」

的確，在這棟樓裡發生的事都十分奇妙，找不出合理的解釋或道理，令人不敢置信。有些現象和霍宇祥所說的「魔力」無關，明顯是有東西在「搞鬼」，但是鏡子和這幅畫作的確不太可能是徘徊在這棟房子裡的冤魂動的手腳。

「……」

一時之間，四人都陷入了沉默。

霍宇祥正在等同伴們給出回應，高暘則左看右看，一副「怎麼樣都無所謂」的樣子，而蘇誠和三水都低著頭，各有所思。

這兩人想的，其實是同一件事——霍宇祥似乎知道很多這棟樓的事，他在隱瞞什麼？但兩人的思考方向全然不同，可以說是完全相反。

三水想的是：霍宇祥隱瞞那個祕密到底有什麼企圖？如果這棟樓真的有魔力，他把我們留在這裡又是想做什麼？

蘇誠則想著：阿祥想找到的，或許不只是他外婆留下來的東西……他一開始就說過，他外婆曾經住在這棟樓，雖然阿祥對三水他們撒了謊，但他應該有必須這麼做的理由。

蘇誠抬眼看向身旁的霍宇祥，看到對方眼裡的堅定及認真，最後點點頭，「我相信你，就把所有傳說解開看看吧。」

「蘇哥？」

三水驚訝地喊了一聲，有點不解蘇誠到底為什麼會決定這麼做。

但是仔細想想，這或許是正常的——畢竟他和霍宇祥從高中就一直是朋友，甚至到了大學三年級還黏在一起，比起自己的懷疑，蘇誠肯定會更相信霍宇祥。

三水有些不甘地咬了咬唇，可是她也想不出其他離開這裡的辦法，因此思索了一會兒後總算點了點頭。

「好吧，就試試看。」

——我就看到最後，你到底藏著什麼祕密。

【第六章】

六月菊的花語

既然有了共識，那就要先釐清目前的狀況，才知道還有什麼傳說還沒解開。

因為屋內的空氣沉悶，有股窒息感，會莫名地讓人不安，因此四人來到戶外廊道。

四人圍坐成一圈，霍宇祥攤開筆記本，藉著手電筒的燈光看清老舊社團筆記上的傳說。

泛黃乾枯的紙翻動起來會發出特別乾燥的沙沙聲，霍宇祥翻過一頁又一頁，嘴裡喃喃唸道：

「如果我猜得沒錯，每解開一個傳說，應該就能拿到一張怨牌，所以怨牌傳說應該是最後才能解開的。我們剛剛有找到一個怨牌，還沒看記憶片段，肯定還不算解開。然後洋娃娃捉迷藏的傳說解開了；自燃的火光傳說有拿到怨牌，也算解開了；陰酒傳說也是，還有回魂床、鏡中鬼……看來就只剩下兩個傳說了。」

「兩個嗎？」高暘疑惑地抬頭看向霍宇祥，「不是只剩下怨牌傳說嗎？另一個是什麼傳說？」

「因為還有這個。」

霍宇祥從口袋裡拿出在警察制服中找到的菊花木牌，放到中間讓其他人看。

高暘和三水頓時一臉恍然大悟，看來也想起了還有這兩個木牌，但是過了幾秒，三水又皺起眉：「這個木牌又要怎麼解開？根本沒有提示啊。」

像是早就預料到會有人問這個問題，蘇誠翻開他帶來的筆記本，讓三水和高暘看看自己做的筆記。

「我們剛剛發現幾個了。我猜下面的六句成語提示了菊花圖樣的位置，且圖案中間應該會有一個字。目前，我們發現了招財進寶的鼠、遮風避雨的猴，所以還要找到其他四句成語暗指的地點，找出六個字。」

「那找出那六個字後，要用在什麼地方才能解開傳說？」高暘問。

霍宇祥聳聳肩，「我們也不曉得，大概也要像洋娃娃的傳說一樣到處找才能找到。」

「那不就是毫無頭緒嗎？」三水潑下一桶冷水，毫不留情地說完後搖搖頭，又嘆了一口氣，「跟怨牌比起來，這個菊花木牌難解多了……我個人喜歡從快解完或者簡單的問題開始做，你們呢？」

她看了看其他三人，像在尋求意見。

其他三人看看彼此。

高暘和蘇誠似乎都沒什麼意見，霍宇祥則是只要能解開傳說都好，因此點點頭，「那我們從怨牌開始吧。」

「但這個傳說也有一個問題——究竟有幾張怨牌呢？」

蘇誠也一語中的，直接說出了最核心的問題。

霍宇祥指了指蘇誠身上揹著的小包包，「剛才找到的怨牌都放在裡頭吧？我們先算算看目前找到了幾個。」

蘇誠點點頭，從包包裡掏出所有木牌，霍宇祥則將木牌翻到背面，整齊地排在一起，一眼就能看清楚。

「現在找到潘馬賽、朱大、章國華、黃思言、黃思義、李小蘭的怨牌，另外還有兩張白山石和一九三〇的願牌。」

「如果是當年住在這棟樓的人都會有怨牌，那這兩張願牌是……？」三水不解地歪頭。

她身旁的高暘接續道：「而且願牌上寫的不是人名，是年份和不知道什麼族的族名，很難預測會有幾張吧？」

霍宇祥覺得他說得對，「嗯，這樣的話，也很難說到底要找到幾個才能解開傳說。」

「但我們會不會從一開始就搞混了？」

蘇誠突然來了這麼一句，讓其他三人都疑惑地看向他：「什麼？」

他不為所動地說，「從一開始，舊的社團筆記上就只有寫怨牌，沒有願字吧？」

「是那樣沒錯……」

霍宇祥又翻到怨牌傳說的那一頁，的確到處都沒有寫到「願」字。

「而且兩種木牌的顏色不同，我覺得這代表了不同的意義。這兩種木牌有可能是兩碼子事，不應該混為一談。」

說著，蘇誠伸手就將兩張黑色的願牌撥到一旁。

「那說不定只要找到所有怨牌，看完記憶片段就能解開傳說了？」高暘道。

「我們剛才說到，當年住在這棟樓的人可能就會有怨牌，那重點就在於當年有多少人住在這裡呢？」三水延續剛才想到一半的思路說下去。

她還以為此刻又會陷入膠著而皺起眉，但沒想到坐在她對面的霍宇祥淡定地開口：「總共有七個人。」

這不免又讓三水起了疑心，「你怎麼知道？」

「之前在掛滿相框的那個房間裡有掛著一張全家福，上面總共有七個人。」

這回答完全出乎所有人的意料，三水更直接站起身，要去看看霍宇祥說的是否為真。其他人也先後跟了上去，最後在神奇畫作的上方附近，果然發現了一張七人照。

除了霍宇祥，其他三人都在照片面前仔細看著。

「真的是七個人……」三水細數完後茫然地說。

「若是這樣，就剩下最後一個怨牌了。」蘇誠數了數手上的怨牌，「好像只剩黃家男主人的了。」

「黃家男主人……是叫黃東盛吧？」

其他人齊轉頭看向發話的霍宇祥，因此霍宇祥再拿出其中一張菊花木牌，轉到刻著「黃東盛」三字的那一面，然後聳聳肩：

「看來……怨牌傳說和菊花木牌是有關的。」

這句話讓三水莫名地難為情，不禁低下頭，不說話。

高暘則出聲提議：「話說，我們剛才找到的幾個怨牌還沒看過記憶片段，要先去看看再去找最後那一個嗎？要解開那些成語提示的位置，感覺需要花一點時間。」

他說得也有道理，因此其他三人都沒有什麼異議，答應下來。

四人一起來到隔壁房間，蘇誠將已經使用過的木牌交給霍宇祥暫時拿著。還沒使用過的怨牌是李小蘭和黃思義的，蘇誠沒有考慮太多，隨手就將其中一個──黃思義的放上檯面。

強風吹來，白霧繚繞又逐漸散去，浮現在半空中的畫面裡，出現的人依舊是眼熟的中年男人──黃東盛。

黃東盛坐在一間房間的牆邊皺著眉，好像十分煩惱地看著前方說：

『思義啊，我知道你一直想要繼承這棟樓，闖出一番事業來。這個，爸爸內心是很支持你的，但是我這麼做，是有我的原因的，等你再大一點就會懂了。』

黃東盛講話的聲音輕而卑微，彷彿在求誰的諒解，但是畫面突然一陣晃動，像有人突然站起身走出了房間。黃東盛的聲音繼續在身後響起，漸漸變遠。

『思義，你要去哪裡？思義，你聽我說，思義，你別走啊！』

畫面沒有因為黃東盛的攔阻而停下腳步，但是逐漸轉暗，接著出現一段話：

『父親總是迴避我的要求，

他是不是覺得我沒有資格繼承蓬萊樓？

不然為什麼不跟我說魔力的真相？』

鏡子徹底轉暗，記憶片段到此結束，三水皺眉道：

「這個思義，在之前幾個人的記憶中也有出現吧？」

霍宇祥點點頭，「對，他跟章國華對話時也有提到這一件事。」

「而且最後又提到了魔力。」高暘有點傷腦筋地摸了摸後頸，「是大家都想要魔力嗎？為什麼幾乎都跟魔力脫不了關係？」

「如果這個魔力是對我們有益處的，是人大概都會想要吧，畢竟人就是這樣。」

蘇誠對高暘的問題給出了回答，接著拿回黃思義的怨牌，換上李小蘭的。

「時間很晚了，我們快點看完，早點結束這一切吧。」

尾音剛落，強風再度帶來一陣白霧。

記憶的畫面出現，這次畫面中的黃東盛打扮放鬆許多，拆下了領帶也沒穿西裝背心，襯衫領口打開了幾顆釦子，滿臉憂愁地坐在檯燈旁的木椅上說：

『思義他啊，很不諒解我做的決定，和我大吵了一架之後就跑走了。這也是沒辦法的事情啊，總有一天，得讓他明白他所期望的事情是不存在的嘛。』

聞言，霍宇祥的眉頭不自覺地皺起，開始有點不安。

——這是什麼意思？難道……是指這棟樓的魔力是不存在的？

記憶還在繼續。這時黃東盛看著前方，像在聽人說話般安靜了幾秒，又不解地說：

『妳說，章管事啊？這……可能我們認識的時間還太短了，彼此互相都還不熟悉。唉，小蘭啊，妳就不要想這麼多了。』

畫面到這邊逐漸消失，取代而知的依舊是一段文字：

『思義和章管事走得近，
我總是不放心，但章管事是蔣先生介紹來的，蔣先生可是有頭有臉的大人物啊！
最近總有些不好的預感，

希望全家人都能安好，

至少……讓孩子們能平安長大。』

四周完全暗下來，房內莫名地陷入一片沉默。

最後是高暘弱弱地問了一句：「那個黃先生說，他兒子期望的事情是不存在的……是什麼意思啊？」

「……」

霍宇祥不自覺地低下頭，緊抿著唇，有點緊張不安。

他能感覺到三水的視線在這時也看了過來，雖然他很想就此安靜不回應，但是剛才說服同伴這棟樓有魔力的是他……

霍宇祥堪堪搖了一下頭，「我也不曉得。」

「什麼意思？你剛才不是說有嗎？」三水質問似的問道。

這句話就像一個開關，高暘也忍不住追問：「阿祥，這棟樓到底有沒有魔力？」

「這……我剛剛也示範給你們看過了，那幅畫……是真的會動，我是真的覺得這棟樓有魔力。」

「但那個男人指的，只有可能是魔力啊。因為黃思義最想知道的事，不就是這棟樓的魔力嗎？」

雖然被三水強勢地打斷了，霍宇祥仍不退縮地接道：

「可是你們也有看到前幾個人的記憶，那個男人也說過這棟樓有魔力，只是快枯竭了而已！」

「他說不定是在騙人的！然後你也在騙我們——」

三水說著說著，氣得想上前去抓住霍宇祥的領口，但是蘇誠及時介入兩人之間，攔下三水的動作並低吼道：「夠了！」

這句話的音量不大，但是冰冷又低沉的聲音讓三水停下動作。

看到眼前的蘇誠一臉冷峻，眉眼間帶著的或是惱怒或是不耐，臉色很是難看，三水的腦袋瞬間冷靜了下來，最後自己往後退了一步。

「在這時候吵這些沒有意義，總之，我們就是被困在這裡了，就是要想辦法出去。所以有沒有魔力，等到最後就知道了。」

「……」

三水沉默不語地直望著蘇誠，眼神中參雜著不解與怨懟，或許還有一點難過。

她抿了抿唇，從齒縫中擠出幾個字：「你為什麼那麼相信他？」

「……」

這次沉默的人換成了蘇誠，但他的眼神筆直地迎上三水的。
「他有什麼理由，讓你這麼相信他？」
三水的這句話不斷迴盪在安靜的房內。
蘇誠沉默多久，房內就安靜多久。
不只三水睜大眼看著蘇誠，高暘也在三水身後投來探究的眼光，而被護在蘇誠背後的霍宇祥也直盯著蘇誠的後腦勺。
或許是感覺到若自己不說出一個答案，這個僵局就不會被打破——蘇誠咬了咬牙，話聲在特別安靜的房內特別清楚：
「光是我認識他六年，是最了解他的人，就夠了。」
「唔……」三水無話可說。
蘇誠大概早就猜到了，只要搬出他們兩人多年來的感情，三水就沒辦法再追問下去。
三水也的確只低下頭，自嘲似的輕笑了一聲，說：「你對朋友還真死心踏地呢。」
「既然妳明白了，那這些事情可以等出去再說了吧？」說完，蘇誠轉頭從對霍宇祥招了招手，「菊花木牌給我。」
這句來得太突然，讓霍宇祥一時反應不過來，愣了一下才點點頭，將菊花木牌放到蘇誠手中。

蘇誠對三水搖了搖手中的木牌，「現在我們可以專心解開這個木牌嗎？」

三水來回看著蘇誠的臉和手中的木牌，思索一會兒，才自暴自棄似的點頭，「好吧！真的是好奇心會殺死貓，我真的被這顆好奇心害慘了！」

三水一把搶過蘇誠手中的菊花木牌，翻到背面看著那六句成語，問：「你們說剛才找到了哪幾個？」

「兩個，我寫在這裡。」

蘇誠拿出自己的筆記本給三水看，兩人加上高暘低頭討論起來。

霍宇祥直到這時才鬆一口氣，抬眼看著擋在身前的蘇誠，心裡滿是無法說出口的感激。

「如果依照你們的邏輯，這些成語都是在提示位置，那就只能一一推敲了。」三水道。

蘇誠點點頭，「嗯，目前剩下的是歲歲平安、步步高升、馳騁千里和美夢成真。」

「完全不曉得是在指什麼……」高暘一臉疲憊地摸了摸自己的平頭。

自從進來這棟樓，他們就一直在動腦，這對本來就不擅思考的高暘來說特別累人，腦袋根本運轉過度，沒辦法再動了，現在完全只想聽從其他人的想法行動。

一時間沒人說話，高暘又嘆了一大口氣：「難道只能土法煉鋼，在每個角落找？」

「那要找到什麼時候才能離開啊？這裡有前後兩棟樓耶。」三水道。

高暘聳聳肩，「反正有一整晚的時間啊。」

這時霍宇祥道：「從我們剛才是怎麼發現其他提示的開始想吧。」

第一個找到的成語是「招財進寶」，這個十分明顯，成語在哪裡，答案就在哪裡。另一個是「遮風避雨」，是在似乎「有人刻意」移動的雨傘上發現的。

「如果是以意象來表現，這些成語會讓我們聯想到什麼呢？」霍宇祥喃喃道。

「那先把我們覺得有可能的地方記下來吧，免得等等忘記。」蘇誠一邊說，一邊在筆記本上記錄下來。

這時，霍宇祥抬眼與三水對上了眼。

他心裡莫名地尷尬，有點不自然地先別開了眼。

三水倒是沒什麼反應，臉色絲毫不變地低頭看著蘇誠寫字。

四人都看著木牌上的成語思考起來。霍宇祥的視線也一一滑過，最後在「馳騁千里」上停下來，不由自主地皺起眉。

馳騁千里……好像在哪裡看過類似的東西？這句成語有騎馬奔跑的意思，剛剛好像也有看到一幅很多馬的畫？

被手電筒照亮的八駿圖閃過腦海，霍宇祥的精神一振！

「我知道了！馳騁千里八成是指那幅畫，那幅掛在戶外廊道牆上的畫！」

也看過那幅畫的其他三人聽他這麼一說，都恍然大悟似的點點頭，蘇誠也立刻記下來。

在這期間，三水似乎也有了一點想法，自言自語似的喃念道：

「那歲歲平安該不會很簡單，就像我們平常摔破碗時會說碎碎平安一樣，跟碎掉的碗盤有關吧？」

「不一定是碗盤，也有可能只是瓷器，但這是個好方向，就先找找看吧。」

說完，蘇誠也把「破碎的碗盤」寫上筆記本。

「可是哪裡會有碎掉的碗盤？」高暘問道。

「唔……」

其他三人不自覺地僵住，因為他們都想到了同一個地方。

最後是蘇誠淡漠地說出了答案：「碗盤通常都會放在廚房，所以十之八九會在廚房。」

聽到「廚房」兩字，所有人都嘆了口氣，接著蘇誠抬筆寫好地點，又拋出話頭：「那美夢成真呢？跟做夢有關嗎？」

其他三人也開始發揮想像力。

霍宇祥率先道：「如果是指夢想……黃思義的夢想就是這棟樓，會不會是指這棟樓？」

「但這是黃東盛的木牌，感覺跟黃思義沒有關係。」

三水這麼說完，高暘也點點頭，「而且這個範圍太大了，太難找了吧？」

「嗯……也是。」

「那就簡單地想，從字面來看，跟做夢有關的話，大概就跟床有關？」

霍宇祥點點頭，認同蘇誠的想法，「如果是跟黃東盛有關，那去主臥室找找看吧！」

「可是哪裡是主臥室？」高暘皺著眉頭問。

「嗯……」

當霍宇祥尋思時，蘇誠低下頭，正好看到剛才放在檯面上的木牌，上面寫著「李小蘭」三個字，他低喃出聲：「李小蘭……是黃東盛的老婆吧？」

雖然不懂蘇誠為什麼突然這麼問，霍宇祥仍點點頭，「對。怎麼了？」

「那剛才找到她怨牌的房間，很有可能就是他們夫妻的臥室——那間就是主臥室。」

蘇誠出乎眾人意料的推理換來驚嘆的目光，但沒有人多說什麼，霍宇祥接道：

「走吧！就從近的地方開始找，應該能省下不少時間和力氣。」

一行人魚貫走出鏡子所在的房間，轉頭看向就在左手邊的廚房。

真的好不想走進這個陰氣森森的廚房，可是他們得找到答案才行……

最靠近入口的霍宇祥暗嘆了一口氣，接著深呼吸，等自己做好心理準備後回頭看向其他三人。

「準備好了嗎？」

其他三人都看著他點了點頭，表示肯定。

霍宇祥也點頭回應，轉身就一鼓作氣踏進廚房，從靠近門口的櫥櫃開始找。

這個櫥櫃的上半部分是拉門，中間還有小抽屜。或許是被人翻找過了，有幾個抽屜是被拉出來的狀態，裡面的確有幾個天藍色的瓷碗都碎成了一堆碎片。

如果依照他們剛才的推理，這裡極有可能會有菊花圖案。

霍宇祥小心地翻動抽屜裡的瓷碗碎片，不出幾秒，果然在其中一個碎碗的底部找到了菊花圖案。

他激動地低喊一聲：「我找到了！」

因為廚房裡有許多櫥櫃，其他三人剛才都自動去找其他地方了。此時聽到霍宇祥的低喊聲，立刻都跑過來。

「我看看，在哪裡？」高暘一邊說，一邊從霍宇祥的頭上探頭往前看。

霍宇祥則照亮瓷碗碎片的底部，上面的確有一個菊花圖案，上面寫著「雞」。

蘇誠馬上記下來，點點頭說：

「好，下一個……樓梯應該是最近的，先分頭找找看這附近的樓梯吧！」

四人迫不及待地離開廚房，並且極有默契地自動分成了兩兩一組。蘇誠和霍宇祥去找通往一樓的樓梯，三水和高暘則是通往閣樓的樓梯。

樓梯上有許多要留意的地方，不僅是扶手、台階，連台階背面、扶手間隔都必須注意，畢竟不曉得菊花圖樣會出現在什麼地方，四人只能用手電筒仔細照過每個地方，睜大眼睛看過每一處。

屋內一度陷入一片沉靜，只能聽到腳步踏上老舊樓梯而發出的吱嘎聲，以及眾人不自覺加重的呼吸聲。

忽然，三水的一聲驚呼響徹整棟樓。

「我找到了！」

其他三人急忙聚集到聲音來源——通往閣樓的樓梯中央。

只見三水用手電筒照著樓梯的台階表面。在台階的右下角，的確有個菊花圖樣，再仔細看菊花的中央，裡面有個「羊」字。

蘇誠在本子上寫上「步步高升——羊」之後，馬上就轉身走下樓梯，並對同伴們招手：「剩下兩個應該都是在後面那棟樓，我們快走吧。」

雖然他們剛剛才被困在後面那棟樓，好不容易才逃出來，但此時顧不了那麼多了，最重要的是想辦法離開這個地方！

霍宇祥跟在蘇誠後頭，四人先後跑過戶外廊道，並在進入後棟樓前停下腳步，佇立在那幅八駿圖前。

「馳騁千里……只可能是指這裡了。」

霍宇祥低聲說完，蘇誠點頭附和道：「那就分散開來找吧。」

這幅八駿圖幾乎占滿了牆面，四人一樣分散開來找，不出幾秒，蘇誠就在左下角找到了菊花圖樣。

「在這裡！這個是猴。」

「那走吧，只剩下最後一個了！」

說完，霍宇祥跑進後面那棟樓，朝著方才推測是主臥室，位於最深處的房間奔去。

距離解開謎題，就剩最後一步了——霍宇祥感覺到自己的呼吸急促，心跳加快，血液也在血管裡快速地流竄。

在一片漆黑的老舊屋子裡走動，雖然依舊緊張，但他知道此刻的緊張與剛才的不同。之前的緊張是因為害怕而起，不過現在的緊張中還夾帶著一絲興奮，甚至激起了一點腎上腺素，連剛才滲人的黑暗都不可怕了。

推開房門，繞過櫃子形成的隔牆，霍宇祥幾步就跑到老舊的雙人床前。

上頭有一團凌亂的繡花棉被，因為被割了幾刀，裡頭的一些棉絮散落在外，使床上一片凌亂，兩顆單人枕頭也是一樣的慘況，被扔在床尾或地上。

霍宇祥顧不得其他，二話不說就掀動破舊不堪的棉被，急切地想找到菊花圖樣。

一掀動棉被，在上面蓋著厚厚一層的灰塵也瞬間凌空飛散，冷不防地被吸進肺裡，霍宇祥忍不住咳了兩聲，但於此同時，腳邊也傳來「匡咚」一聲，像是重物掉落的沉重聲響，他低頭看去。

落後幾步趕來的三人也聽到了這聲動靜，往聲源照去——是一個箱子，與前面幾個裝著怨牌的箱子一樣！

「這會是黃東盛的箱子嗎？」

三水立刻出聲問道，並將箱子撿起來仔細看了看。

這個箱子也跟其他的一樣上了鎖，唯獨不同的是，這個密碼不是普通常見的數字密碼，但也讓她瞪大了眼，語帶驚喜地喊：

「這個密碼鎖是用生肖！肯定就是黃東盛的箱子！」

「什麼？」

其他三人也湊過去看，密碼鎖上有六個鎖格，每個可轉動的鎖上的確寫著十二生肖。

蘇誠的眼珠一轉，立刻接手拿過箱子，並囑咐道：「我來轉密碼，你們繼續去床上找找有沒有最後一個菊花圖案。」

「好！」

其他三人一齊點頭，一邊揮開飛散在空中的灰塵，一邊翻動床上及四周的東西。同一時間，蘇誠從霍宇祥手中接過寫有六句成語的菊花木牌，和自己做的筆記做對照。

「第一句是遮風避雨，對應的是龍……第二句是歲歲平安，是雞……」

嘴裡喃念著，蘇誠一一按照木牌上的成語順序，將鎖格轉到應該對應的生肖。然而，還有最後一句「美夢成真」……

「找到了！在這裡！」

正巧，在這時傳來了好消息。

半趴在床上的霍宇祥用手電筒照亮床頭的木板，在靠外側的位置上，果真有菊花圖案。

「是狗！」

幾乎在尾聲落下的同時，蘇誠將最後一格鎖轉到「狗」——

喀嚓一聲，鎖開了。

他不慌不忙地卸下鎖頭，打開箱子後裡頭不出所料，正是背面寫著「黃東盛」三字的紅色怨牌。

「這樣就算解開所有傳說了嗎？我們可以離開這裡了嗎？」

高暘帶著興奮問道，但霍宇祥搖搖頭，不可避免地潑他一桶冷水，「應該要去看過這張怨牌的記憶片段才算真的解開。」

「好啊，那我們走吧！」

扔下箱子，四人立刻動身，朝前面那棟樓跑去。

四人先後跑進前一棟樓鏡子所在的房間，但是蘇誠還來不及將木牌放上檯面，手中的手電筒照過兩道布幔中的角落，一聲尖銳的尖叫聲瞬間穿破耳膜！

「啊——————！」

所有人都反射性地摀住雙耳，等尖叫聲止息，才能睜開雙眼仔細看清楚到底發生了什麼事。

手電筒一照向布幔之間，四人都驚訝地瞪大了雙眼。

「學妹？」

「葳葳！」

高暘和霍宇祥同時驚喊出聲，三水則忍不住倒抽一口涼氣，摀著嘴巴，嚇得說不出話。

因為，蹲在布幔之間的人就是黎葳，而且原本精心裝扮的樣貌完全消失，頭髮雜亂，七彩的妝彩也被淚水糊成一片，宛如經歷過萬分驚嚇。

「高、高暘！你不是說你看到她上車回家了嗎？她為什麼還在這裡！」三水害怕地喊。

「我也不曉得啊！怎、怎麼會？可是……我剛剛明明就看著她坐上車……」

高暘這下也忍不住面露驚恐，不自覺地連連往後退。

只見黎葳似乎被嚇得六神無主，連話都說不好，嘴裡不停結巴地喃念著「對不起……警察先生，求您放過我！我錯了……」這類的話。

她身上的連身裙沾滿了髒汙，也有幾處破損，並且她雙手抱膝，發抖地蜷曲在角落，一雙瞪得老大的眼睛骨溜溜地盯著四周看，像隻受到驚嚇而萬分戒備的小動物。

這幅景象也讓霍宇祥嚇得不知所措，手腳在往前及後退之間猶豫。

最後他還是邁步上前，出聲安撫自家學妹。

先不管她到底為什麼會出現在這裡，現在她就在這裡是事實！第一要件應該是先安撫好她才是。

霍宇祥伸出手想握住她的手，「葳葳，妳還好嗎？來，我在這裡，妳不用怕……」

「唔！不要接近我——！」

但是手還沒碰到人，黎葳就大動作地揮著手，想躲開霍宇祥，嘶聲大喊。

霍宇祥沒有因此放棄，他稍微閃過黎葳突然揮來的手，一把抓住，同時溫柔地低語：

「葳葳，妳冷靜點，看著我！葳葳，是我，我是阿祥學長，妳看著我！」霍宇祥用另一隻手撥開黎葳那遮擋在眼前的亂髮，捧著骯髒又滿是黏膩淚痕的臉續道，「別怕，妳看我的眼睛！我真的是妳學長，冷靜下來深呼吸並看著我。」

不知道是不是這番話起了作用，原先不停掙扎反抗的黎葳安靜下來，一雙不停亂轉的眼睛此刻直盯著霍宇祥，似在打量又似在狐疑。

「不是警察先生……？其他人也在，都不是幻影了……？」

霍宇祥還以為成功安撫她了，這時黎葳卻搖搖頭。

「不對……你不是真的……不能相信是真的！這一切都是假的！是幻影！！拜託你，快放我出去，快點放我出去！」

「葳葳？妳別這樣……妳看我，我是真的，不是假的，妳相信我！」

「不要、不要！不要碰我！拜託你放開我——拜託你放過我！哇啊————！」

不論說什麼，似乎都沒辦法傳進黎葳的耳裡。她彷彿失去了所有思考能力，極其不相信自己眼前看到的事物，宛如剛才曾掉進無數個可怕的陷阱。

即便如此，霍宇祥仍努力想安撫她、讓她知道沒事了，但無論怎麼說都徒勞無功。

最後是蘇誠乾脆伸手將霍宇祥拉回自己身旁，遠離黎葳。

「阿祥，你冷靜點，她現在已經失去理智了。」

「可是——！」

「讓她自己待著反而會比較冷靜，你看。」

蘇誠朝黎葳揚揚下巴，示意他回頭看。

那怎麼可能！原本想說什麼的霍宇祥不解地皺眉看去，只見黎葳又變回抱著自己、蜷曲著身子坐著的姿勢，嘴裡不再大喊或嘶吼，像又縮回自己的殼裡了。

「……就讓她維持這樣，是好還是壞？」

對於霍宇祥的這個問題，蘇誠聳聳肩，「我也不曉得，但至少，我們得先解開傳說，才知道有沒有辦法帶她離開這裡。」

說完，蘇誠舉起手裡的紅色怨牌，在霍宇祥的眼前晃了晃。

「不管好或不好，現在我們有更重要的事必須去做。」

的確，蘇誠說得沒錯。霍宇祥心裡雖然很清楚，但還是有一股罪惡感在心頭擴散開來。

——是不是因為我……才害葳葳變成這樣的？

看著黎葳瘋癲的模樣，霍宇祥開始不由自主地如此心想。因為從一開始，來這棟蓬萊樓探險就是他的主意……

「阿祥！」

蘇誠又喊了一聲，打斷了霍宇祥鑽牛角尖的思緒，也讓他回過神來。

也對，正因為黎葳的狀況不好，更應該想辦法離開這裡，現在不是能胡思亂想的時候！要解開所有謎底、帶所有人離開這裡，就只差一步了！

霍宇祥再次抬頭看向蘇誠時，眼裡的光芒明顯可見地與剛才不同——那是堅定的光芒，而他的神情也讓蘇誠不禁一愣。

他從高一就認識霍宇祥了。在這幾年中，蘇誠看過的霍宇祥一直都是待人溫和，個性柔軟而包容，即使遇到強硬的人也能笑笑地面對，並溫和化解掉對方的尖角。有時像充滿彈性的網子，有時像溫柔至極的棉花，總之就是不曾看過他露出如此堅決的模樣。

蘇誠突然很想知道，此刻是什麼讓他有了這種改變，其中又參雜著一些欣羨。

他握緊了手上的木牌。

「修，把木牌放上去吧。」

蘇誠看到霍宇祥堅決地看著自己這麼說，也點了點頭，「讓我們結束這一場探險吧。」

他將手中的最後一個怨牌放上檯面，白霧一如預期地從鏡中飄散，鏡面亮起——

眼熟的中年男人——黃東盛仍穿著那套西裝加上背心，坐在一張木椅上，手裡拿著相框喃喃地道：

『這一百多年以來，蓬萊樓一代又一代的更迭，所有微小的點滴，都將被納入歷史的洪流當中。我們是參與者，也是見證者。到了即將告別的那一天，初次相遇時的情景就會變得格外清晰啊。』

接下來卻與之前看過的記憶片段不同，鏡子裡似乎有股強烈的力量，想將霍宇祥等人拉進去！

由於這股力量來得突然，完全沒有人料想到，所以都來不及掙扎，眼前就陷入一陣天旋地轉——

眼睛一睜一閉，回過神時，四人發現自己正身在一間古老紅磚樓的大廳裡，各自坐在木椅上。往門口一看，門上掛著一個匾額，上面刻著的正是「蓬萊樓」三個字。

再定睛一看，直到剛才都只在記憶中看過的黃東盛，竟然就坐在身旁！

不只霍宇祥，所有人都不敢置信地瞪大了眼。

而且不只黃東盛，在所有坐著的人面前，還有一位穿著和服的陌生女人站著。

不等霍宇祥等人反應過來，穿著和服的女人稍微梳過長及下巴的微捲劉海，黑色的眼瞳掃過現場的所有人，勾起微笑說：「歡迎各位蒞臨浮世宴，今年好像有很多新面孔喔！」

——浮世宴？這裡就是浮世宴？

所有人心裡都冒出這個想法，滿是疑惑地面面相覷，都一臉不解。

隱約記得剛才在其他人的記憶片段中，也有聽過這個名詞，但是這場宴會是做什麼的？如此心想的三水想開口說點什麼，卻發現自己完全發不出聲音！聲帶彷彿被人緊揪著，連一聲細微的聲音都發不出來。

不只是她，其他三人也是如此，各自慌亂起來。

可是，一切的節奏似乎不是掌握在他們手裡，因為女人彷彿沒有看見慌張的四人，目光環視到黃東盛身上就停了下來。

「這一位，之前應該從來沒有見過您吧？該怎麼稱呼您呢？您想要透過酒樓的魔力，實現什麼樣的心願呢？」

女人貌似是這場宴會的主辦人，表現及談吐都落落大方，也不知道是不是因為她穿的和服色系偏暗，雖然她臉上帶著溫和的笑容，可是散發出來的氣息卻幹練俐落，說話也有種莫名的魔力，令人不禁專注地聽著。

她頭上的金色髮簪將一頭烏黑捲髮收起，尾端的寶石垂飾跟著她的動作一晃一晃的。

被問及的黃東盛溫雅地笑了笑，回道：「在下姓黃，叫黃東盛，只是個喜歡湊熱鬧的骨董商人，沒什麼遠大的願望，剛好有這個機會，就是想要親自見識一下這傳奇酒樓，蓬萊樓的魅力！」

女人輕笑了幾聲，剛想說什麼，左手邊的樓梯上忽然傳來一道男聲：「黃先生啊，您就別妄自菲薄了，每個人都是有野心的，只是您可能現在還沒有發覺而已。」

一位身穿日式立領制服的瘦高男人從樓梯上走下來。

雖然制服穿得嚴謹，但雙手插進口袋裡的他語氣及氣質都有些高傲自大，看著女人的眼神也帶著一點輕蔑。

女人看見來人，也毫不掩飾地大大翻了個白眼，別過頭不悅地道：

「金田時宇，你怎麼擅自跑來招呼客人了？佐介呢？」

「在樓上，正在跟馬霧一起準備餐點。」被稱為金田時宇的男人不屑地哼了一聲，「身為蓬萊樓的樓主，竟然還需要親自下廚……梅小姐，我怕大嫂您能力不足，怠慢了客人，所以親自下來協助妳——」

被稱為梅小姐的女人直接伸手打斷他，冷聲道：「好了好了，我看你就別再虛情假意了吧。客人有我招待就夠了，你就回你的房間去，盤算你那什麼不可告人的祕密吧。」

這番話似乎觸動了男人的某條神經，瞬間拉平嘴角，說出口的每個字都像從齒縫間擠出來的：「梅小姐，到時候我一定會把妳——」

「嗳嗳嗳，兩位，我們相逢就是有緣！」

沒想到這次又被人打斷，金田時宇的表情有些不耐，但是轉眼看到說話的人是賓客，嘴角立刻勾起禮貌的微笑。梅小姐也笑著轉頭看去。

打斷他的正是黃東盛，只見他端起放在身旁矮桌上的小茶杯，呵呵笑著舉到面前，「梅小姐、金田管事，在下敬你們一杯，也敬這蓬萊酒樓！」

當黃東盛將杯中的茶一仰而盡，四人所在的場景竟像被逐漸侵蝕般逐漸消失，連此刻坐著的木椅都從椅腳逐漸消融。

四人嚇得趕緊站起來，但才一低頭、一抬頭的瞬間，眼前已經變成了另外一個場景。

四人又出現在一個充滿相框的房間裡，房裡沒有太多擺設，只有幾座矮櫃靠牆放著，特別彰顯出牆上的相框們。

這個房間……似乎似曾相識。四人環顧房間內部一圈，都對掛在牆上的某些畫和照片感到眼熟。

這裡該不會就是他們剛才見到的，如今破敗凌亂的房間吧……

但這間房裡不只有他們四人，黃東盛正佇立在牆前，看著某幅畫。

霍宇祥探頭看去，發現正是那幅會動的畫！

這時，又有一個人走進房間，是金田時宇。

「黃先生。」

聽見他的聲音，黃東盛轉頭看去。

金田時宇微笑道：「果然，您又來了。您這是第三次來參加浮世宴了，對吧？」

黃東盛輕笑了兩聲，轉頭環顧這個房間，萬分感概似的道：

「每次踏進這棟蓬萊樓，都有種見到老朋友的感覺，彷彿這棟寶樓在跟我說故事一樣，樂趣無窮啊。」他的語氣一轉，又嘆了口氣，面露戚哀，「唉，金田管事，我聽說您兄長的事了，您跟梅小姐……應該叫梅老闆吧，請兩位節哀順變。」

聞言，金田時宇的嘴角雖然勾起微笑，眼神卻莫名空洞，像戴著微笑的面具偽裝自己，遮掩著內心的難過。

金田時宇輕聲說：「沒事，好人總是命不長嘛。但在追憶的同時，還是必須向前看。雖然最後是梅小姐繼承了蓬萊樓的樓主，不過沒有關係，我自有辦法來改變這個社會。」

黃東盛跟著嘆了一口氣，「唉，佐介兄是個了不起的人物，真是可惜，我是真的打從心底尊敬他的。每當我想起他曾經描繪的那些壯闊的社會景象，總是會引起我內心深處的好奇心，想要去探索這個世界。」

「我也是這麼想的。」金田時宇認同地點點頭，「那麼，我就不打擾黃先生跟蓬萊樓敘舊了。好好享受浮世宴。」

說完，金田時宇轉身離開房間。

然而伴隨著他離開，眼前的黃東盛和四周景象又開始逐漸點點消融，被黑暗侵蝕。

也許是在黑暗中失去了平衡感，四人彷彿都被人從背後拉進了黑洞。

失重感只出現一秒，下一秒四人的腳踩在黃土地上，又因為突然回來的重心踉蹌不穩。

等四人穩住身體抬起頭，發現他們竟然又跑到了紅磚房外的騎樓前！他們正站在還未鋪設過的黃土道路中間。

路上的人潮吵雜，有些人筆直地朝四人走來。

三水一抬頭就看見一個女人朝自己走來，兩人就快相撞了，但她因為事出突然而閃避不及，稍微閉起眼，準備迎來痛楚時，女人卻直接穿過了她的身體。

她呆愣地看著女人穿過時自己變得透明的身體，驚訝得合不上嘴。

此時，一旁原本緊閉的木門傳來稍嫌尖銳的吱嘎聲，四人轉頭看向聲源，接著剛才還在掛滿相框的房間內的黃東盛，居然被一雙手推了出來。

將他推出來的人穿著類似原住民服飾的服裝，臉上戴著遮住上半張臉的面具。白底的面具上以紅色線條畫著不曉得有何意義的圖樣。

男人以毫無感情的聲線道：「黃先生，寶樓對您另有安排，請您離開。」

而金田時宇和方才看過的梅小姐，就站在那個男人的身後冷眼看著。

還沒聽到被趕出來的黃東盛開口，一陣強風迎面吹來！四人瞬間瞇起眼或抬手，想擋住風。

當那陣風吹過，眼前依舊是相同的地點，但是周遭人群的模樣明顯變了，腳下踩著的地面也變成了鋪設過的柏油路。

站在眼前的黃東盛換了個打扮，身上的西裝明顯高貴許多，手上還提著公事包。

只見他幾步上前敲響木門，幾秒後門從裡面打開。

曾在全家福中看過的長髮男子，穿著同樣類似原住民的服裝出現在門後，看到黃東盛，立刻綻開笑容：「黃先生，您終於回來了。」

黃東盛也驚喜地瞪大眼，指著他喊，「馬、馬霧！好久不見了——咦？不對，你……」

對於黃東盛從驚喜轉為疑惑的情緒轉折，長髮男子露出有點無奈的笑：「父親幾年前已經過世了。」

「喔……」

黃東盛面露訝異，卻又立刻接受了這個事實，以遺憾的神情低下頭，沉默了幾秒才道：

「你跟你父親長得可真像啊。」

長髮男子似是不介意地笑了笑，「蓬萊樓已經等您十年了，黃先生。」說完，他側身讓出空間，讓黃東盛進門。

或許是還記得前一次來到這棟樓，最後被倉促地趕出門的畫面，黃東盛抬頭看了看門上的「蓬萊樓」匾額，又看向門內的男子，猶豫了幾秒才跨出腳步。

就在他踏進蓬萊樓的瞬間，站在他身後的霍宇祥四人看到周遭的場景猶如被吸進看不見的漩渦，都一瞬間消失，取代而之的是在一片黑暗中浮現的一串文字：

『黃東盛，

你是否還有心願未了……』

這大概就是最後了，畢竟其他人的記憶片段都是以文字作結。霍宇祥暗地心想，我們該從黃東盛的記憶片段被送回到現實了。

然而，四人的頭頂上方又出現一格浮在半空中的方框，裡頭照射出來的光芒成了這片黑暗中的唯一光源，而裡面的黃東盛坐在書桌前，緩緩開口：

『我的人生已經過得很精彩了。最不忍心的，還是連累了小蘭和孩子們。』他低下頭，嘆了一口氣，『事情來得突然，有很多話來不及跟矢口先生你說，雖然你現在已經改回原本的名字，吳正男了，但我還是叫你矢口比較習慣。在我們家發生的事，你千萬不要太自責。在這個年代，人人都無可奈何。』

黃東盛的嘴角露出無奈的微笑，與他說的話相襯。

接著話鋒一轉，『對了，我已經託人將我們的結拜信物轉交給你了，我相信，你一定能夠理解六月菊的意思。帶著它，好好活著，愚兄就先走一步了，來日，在魔力的彼端，我們兄弟倆再乾一杯！』

說完，黃東盛留戀地環顧著四周幾眼，嘴角的微笑依舊有些無奈，卻多了一點釋懷。

他用雙手緩緩摸過木書桌的桌面，像要熟記手中的觸感。

『蓬萊樓啊，再見了。』

方框中的畫面開始轉淡，黑暗中再度浮現一段文字。

『即使分隔兩地，

相信總有一天，
魔力會讓我們再次相會。』

至此，這段特別的記憶片段似乎就要結束了。

周遭的黑暗逐漸亮起，同時不知從何處飄來白霧，將四人團團包圍，甚至看不到彼此。

霧氣之外的亮光也越來越亮，最後更到了刺眼的程度，使霍宇祥閉上眼。

不知道過了多久，外頭的亮光依舊絲毫不減，令他不由得感到疑惑。

可是，在這種亮光下也不知道能不能睜開眼。

這時，一道陌生的沙啞聲傳來。

【第七章】

不一樣的結局

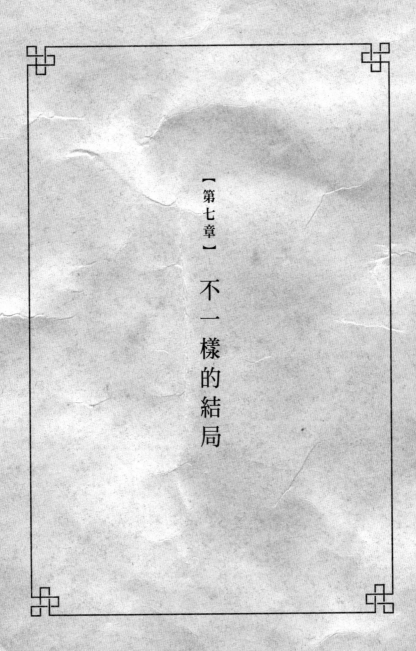

「睜開眼吧，思言的孫子。」

一道男人的沙啞聲傳進耳裡，霍宇祥疑惑地慢慢睜開眼，看到周遭變成了一片純白，沒有白霧也沒有其他人的身影。

只有他，還有眼前這位穿著警察制服的陌生男人。

看到警察制服，霍宇祥心裡就有了一點頭緒，但他還是想確定一下：「你、你是……」

「我是吳正男，也叫矢口正男。」

「唔……！」

親耳聽到答案，果然還是會大感驚訝，不過霍宇祥及時忍住了湧上喉頭的慘叫。

他將驚呼聲伴著口水吞進肚子裡，又顫著聲線問：

「你、你怎麼會在這裡——不，不對，應該說，我現在在哪裡？這裡是什麼地方？」

「你在我創造出來的空間裡。但是你放心，等我們談完，我就會放你回去了。」

吳正男的臉色一片慘白又面無表情，說話的聲音更令人感到冰冷。一股寒意從霍宇祥的腳底竄上背脊，令他不由自主地發顫。

「那我的朋友呢？」

「你的朋友們剛才回到現世了。」也許是看出了霍宇祥十分擔心其他人的安危，吳正男又道，「別擔心，除了那位心思不正的小女孩，我沒有對其他人動手。」

「……葳葳？你對她做了什麼！」

霍宇祥一激動起來就忘了發抖，抬腳想衝上前，但是吳正男也跟著往後飄動。沒錯，是飄動。霍宇祥詫異地上下打量男人。

乍看之下，他是與霍宇祥面對面站著，視線剛好平行，但若仔細一看，就能看到吳正男的腳並沒有碰到地面，身下也沒有陰影。

霍宇祥顫了一下。

吳正男絲毫不在乎他的反應，逕自續道：「告訴我你叫什麼名字，思言的孫子。」

「你還沒有回答我的問題，你對葳葳做了什麼！」

「只是一點小懲罰而已，孩子，別激動。」吳正男將手揹在身後，「我剛才說過，等我們談完，我就會放你回去，同時，我也會讓那個女孩恢復正常的。所以回答我的問題，讓我們好好談談吧。」

「唔……」

不曉得是因為恐懼還是對方說的話有理，霍宇祥說不出話來。不過，這應該也算正好，畢竟他也有事想問清楚。

霍宇祥沉默一會兒後，緩聲道：「我……我叫霍宇祥。你認識我阿嬤是嗎？」

吳正男點點頭，「當然，我跟她爸爸……是朋友。」

提及黃東盛，吳正男面無表情的臉上難得透漏了一些情緒。他皺起眉又低下頭，舉止間洩漏出一點感慨。

霍宇祥剛剛才看過黃東盛的記憶片段，當然還記得他對吳正男說的話，從兩人的話語及表現來看，可以想見他們之間的感情有多深厚，令人有些遺憾。

吳正男又抬眼看來，「沒想到，思言還活著，她的孫子還長那麼大了。」

霍宇祥禁不住好奇，問道：「吳先生、呃，還是吳爺爺……？」

他疑惑地歪著頭想了想，感覺怎麼叫都不對，不如還是叫吳先生好了。

「吳先生，你能告訴我，當年到底發生了什麼事嗎？」

「你沒有聽思言說過嗎？」

霍宇祥搖搖頭，「阿嬤只說在她小時候的某天，有一群警察衝進家裡把所有人抓走，她也因此被抓進牢裡了。」

「我想也是，畢竟她那時候還很小。」

「那你可以告訴我嗎？」

「讓我先問你，你相信這棟蓬萊樓有魔力嗎？」

「我相信。」霍宇祥看著吳正男，「畢竟看過了這麼多人的記憶片段，現在又看到你出現在我面前，我不可能不相信。」

「那好，我能告訴你當年事情發生的真相，但是，我也希望你別告訴思言。」

「為什麼？」

吳正男低下頭，有些沮喪地微微垂下肩，「……在她心裡，那個家應該還保有過去美好的模樣，我不希望她得知事情的真相後，怨恨她的家人。」

其實，霍宇祥心裡對當年的事情真相早就有個底了，但聽到知情的人親口這麼說，不免還是感到惋惜。

他不著痕跡地嘆了口氣，「是阿嬤的哥哥……黃思義嗎？」

果不其然，吳正男點了點頭：「那你應該也猜到了另一個關鍵人物吧？」

另一個最可能與這件事有關的人……

霍宇祥一一回想剛才看過的記憶片段，跟黃思義有關的記憶，除了黃思義本人，大概就是黃東盛和章國華的了。

黃東盛自是不可能，而從章國華的記憶片段來看，黃思義似乎十分依賴章國華，會找他吐露心事。

可是章國華最後對黃思義說的話是：『你爸還有沒有多說什麼關於這棟樓的事情呢？』

他關心的不是黃思義，而是蓬萊樓？

霍宇祥皺起眉，不太肯定地說：「章國華？」

「嗯，很聰明。」吳正男滿意地點點頭，將雙手揹在身後，「當年，蓬萊樓的魔力快枯竭了，又沒辦法延續魔力，所以東盛兄決定關閉這棟樓，讓它安息。但是思義這孩子的進取心強，一直想繼承蓬萊樓，他聽到這個消息後既憤怒又失落。而章管家對思義一直都很好，就我所知，他還曾帶思義出門過好幾次。但其實，章先生他有另一個身分——他正是政府派來探探蓬萊樓魔力之謎的要員。」

「什麼！」霍宇祥忍不住驚呼出聲。

「當年，我在來搜查的人群中看到他時也和你一樣驚訝。」吳正男感嘆地搖搖頭，「思義非常相信他，什麼話都會跟他說，所以當年生氣的思義不知道跟他說了什麼，讓章先生找到機會通報政府，也就引來了大批警力來抓人，大規模搜索這棟樓。」

「那他們有找到什麼嗎？」

吳正男搖搖頭，「他們就算想找，也不曉得該找什麼，更何況這棟樓擁有魔力，儘管不多，但要把一些東西藏起來還是辦得到的。」

聽至此，霍宇祥不禁皺起眉。

「可是如果沒有找到東西，祖公他們不應該被釋放出來嗎？」

「他們被冠上的罪名本就子虛烏有，哪需要什麼證據。」

「那他們就應該被關進監獄，冤枉而死嗎！」

「孩子，你還是太天真了。」

面對霍宇祥越漸勃發的怒氣，吳正男的這句話像當頭澆下一盆冷水，澆熄他的怒火。

「當時的政府就是頭頂的天。老天要你死，你又怎麼能活呢？」

「這……」

太不講理了——他想這麼說，卻說不出口，因為在歷史課上大家都有學過當年的政府有多不可理喻，而且時光流逝，那個年代已經過去許久，現在就算再不滿，也不知道該找誰理論，在這裡跟眼前的冤魂理論更是無用。

霍宇祥不自覺地捏起拳頭，低下頭，沉思了一會兒後開口：

「我保證，不會把這件事跟阿嬤說的。」

「謝謝你，孩子。那麼，我們談回正事吧。你是受思言所託，來找東西的吧？」

「對，阿嬤說之前她看到一位女巫，把一個小木盒交給了外祖公，所以希望我來看看東西還在不在。」

吳正男點點頭，伸手從口袋裡拿出一個小木盒。

木盒的作工精細，整體顏色偏白，大小就如手掌，表面都沒有雕刻，乾淨無比。

「是思言託你來找的，就是這個。」

聞言，霍宇祥的眼睛倏地瞪大，驚訝地看著吳正男遞過來的小木盒。

「這就是……白山石女巫留下來的小木盒？」他伸手拿過來看著。

「對。東盛兄一直很珍惜這個木盒，雖然當年沒有人找到它，但是我想它應該是很重要的東西，所以一直把它帶在身邊，以免被其他人拿走。」

「那你有打開來看過嗎？你知道裡面裝著什麼嗎？」

吳正男搖搖頭，「以我的力量，沒辦法打開它。但我想，這既然是女巫給東盛兄的，或許只有黃家人的血脈能打開。」

「是嗎……」

霍宇祥低頭看著手中的小木盒，先輕輕搖晃了幾下，裡頭沒有東西晃動的感覺或聲響。可是他試著推開木盒的推式盒蓋，也沒有動靜，不管他多用力都打不開。

「可是吳先生，我也打不開耶。」

「帶回去交給思言吧，孩子，或許只有她能打開了。」

這麼說也有道理，畢竟外婆是目前黃家血脈最濃的人，曾經住在這裡，可能有些關聯。

霍宇祥點點頭，將小木盒放進口袋裡。

吳正男又開口：「那麼，既然你們幫忙解開了我的心願，東西也交給你了，等等十二點整時這棟樓也會消失，所以我也該走了。」

聽他這麼一說，霍宇祥依稀想起一開始進來時，在吳正男的筆記本中看到的最後一篇文章。

在人生的最後，吳正男似乎很疑惑自己收到那兩個菊花木牌的意義，而剛才看到的記憶片段，最後正是黃東盛對吳正男說的話。

「所以從我們進入蓬萊樓開始……你就一直在引導我們幫你解開那兩塊菊花木牌的意義嗎？」

「沒錯。」吳正男點點頭，「雖然這樣像利用了你們，我很抱歉，不過也謝謝你們。」

「那把我們鎖在後面那棟樓的也是你嗎？」

「那是不得已而為之。」

「……」

回想起當初驚恐的心情，霍宇祥想罵人，可是看到眼前的這個男人毫無血色的臉，他還是個冤魂，要是對他不敬，難保他不會對自己做出什麼可怕的事。所以霍宇祥想了想，還是決定問另一個問題：

「那葳葳呢？你剛才到底對她做了什麼？」

「喔，那個女孩……」吳正男似乎這時才想起黎葳的事，依舊面無表情地道：「從你們一進門開始，我就感覺到她在你們幾個人之間是惡意最重的人。所以我好奇地看了一下，發現她不僅對你朋友有所企圖，對你也不懷好意。既然東盛兄不在了，我作為朋友，當然要幫忙保護他的後代……所以教訓了她一下。」

雖然他面無表情，霍宇祥卻從他的語氣中聽出了一點得意，太陽穴忍不住抽動幾下。

「你是怎麼教訓她的？」

「一開始只是跟著她，然後偶爾附在她身上看看你們。」

「你還附在她身上？所以她才會變成那樣嗎？」

「當然不只。她不只不在意你的安危，還想要你的命，所以我就把她留下來，讓她在我創造的迴圈裡不斷徘徊。」

霍宇祥皺起眉，「她不是搭車離開了嗎？」

「不，那都是我讓你另一個朋友看到的幻覺。事實上在他們走下一樓前，我就讓你朋友看到我想讓他看到的幻覺，那個女孩則被困在我的迴圈裡，受到了一點教訓。」

最後一句話又讓霍宇祥的眉尾挑了挑，「好吧，你一直說是你的迴圈，什麼是迴圈？」

「就是一直在我創造的幻覺裡繞。依照我剛才創造的迴圈來說，她就是一直困在這棟蓬萊樓裡，遇到我變成的各種鬼又逃不出去。」

「……」

霍宇祥再度深吸幾口氣，勉強壓下罵人的話。

難怪黎葳會變成那副歇斯底里又快精神崩潰的模樣。

他突然很想知道如果得罪快升天的鬼，當事鬼還能不能對自己惡作劇。

霍宇祥嘆了一口氣，開口道：

「吳先生，在我們談完之後，你可以讓我學妹變回原狀嗎？」

吳正男的視線游移了一下，「你確定嗎？」

「確定，非常確定！」

「好吧，我等等就抹去她的記憶。」

聞言，霍宇祥頭痛地揉了揉太陽穴，輕聲嘆道：「你能做到的事還真多，是因為待在這裡太久了嗎？」

「是啊，畢竟黃家人都被抓走後不久，我就一直被困在這裡。」

這句話又讓氣氛完全降至冰點，連身旁飄散的霧都像凝結了一般，流速變得十分緩慢。

霍宇祥也抿著唇，不知道該怎麼回應才好。

別說是他了，面對一個因為自殺而被困在這裡的冤魂，換做其他人或許也不知道該說什麼。

不知道過了多久，霍宇祥聽到吳正男沙啞地緩聲道：

「既然解開了遺願，那我也該走了。」

霍宇祥抬起頭，表情有些遺憾，「你會去找祖公嗎？」

「這……」吳正男低下頭思索了幾秒後，難得笑了一聲，「希望能吧，也不知道東盛兄是否還在等我。」

「就算沒辦法在另一個世界再見一面，我相信只要感情夠堅定，無論是在哪裡，一定能再重逢的。」霍宇祥也勾起了嘴角續道：「祝你們能再見一面。」

「謝謝了，孩子。回去後，記得帶你的朋友快點離開，蓬萊樓會將在十二點整崩塌，別受傷了。」

「你說崩塌……是因為魔力用盡了嗎？」

「沒錯。所以回去吧，大門我已經打開了，我們日後有緣再見。」

說完，吳正男也不等霍宇祥再說什麼，右手一揮，霍宇祥的意識就瞬間跌進了黑暗中。

他像被人推進深沉無光的水中，腦袋很沉重，手腳都被周遭的水纏住，無法動彈。肺部也猶如被東西堵著，喘不過氣——

「嚇！」

霍宇祥的意識猛然清醒過來，突然感受到往下墜的重力而驚醒。

他睜開眼，視野從模糊逐漸變清晰。只見身旁的蘇誠、三水、高暘也都紛紛坐起身，其中蘇誠立刻跑到霍宇祥身旁，其他兩人都疑惑地看了看四周。

霍宇祥眨眨眼，在蘇誠的攙扶下緩緩站起身。

「阿祥，你沒事吧？」

「嗯……你呢？你也沒事吧？」

蘇誠點點頭，霍宇祥放心下來。

這時，三水和高暘似乎也理解了現在的情況，也朝兩人走過來。

霍宇祥的目光隨意瞥到蘇誠的手腕，上頭有支手錶，剛才吳正男說過的話突然在腦海裡閃過。

他連忙問蘇誠：「現在幾點了？」

蘇誠低頭看了一眼手錶，「快十一點十五分了。怎麼了嗎？」

蓬萊樓就快崩塌了，得快點帶大家離開才行！

霍宇祥急道：「門應該已經開了，我們快點離開吧！」

「咦？你怎麼知道？」三水面露驚訝。

「這件事說來話長，等之後有時間再跟你們解釋。」

見到眼前的三人都站起身，帶上自己的東西準備離開，霍宇祥稍微鬆了一口氣。當他也想走出房間時，又想起自己忘了另一件事——黎葳！

自從他醒來後，一直都沒有聽到黎葳的聲音，她還在這裡嗎？

霍宇祥直覺地往剛才黎葳所在的位置看去，幸好她還在那個位置，但不知道是暈倒還是睡著了，完全沒有意識。

他立刻喊住其他三人，「等等，還有葳葳！」

霍宇祥跑到黎葳身旁，將食指放到她的人中。所幸還有呼吸，他轉身背對黎葳並拉起她的雙手，想將她揹起來，但是失去意識的人重量比想像中還沉重，身上幾乎沒有肌肉的霍宇祥遲遲無法順利將她揹起。

見狀，高暘幾步就上前將黎葳一把拉到背上，輕鬆地站起身。

他朝房門口揚了揚下巴，「好了，我們快走吧！」

「嗯！」

一行人由三水帶頭走下樓梯，毫不停留地穿過大廳，來到大門前。三水嘗試性地伸手輕輕一碰，剛才明明清楚聽到上鎖聲的門竟然開了！

木門隨著尖銳的吱嘎聲被推開，三水高興得驚呼一聲，「好耶！」

她一直都過著自由的生活，以前走出家門時，三水從來不曾那麼高興過，但現在只是走出這棟樓卻感覺特別雀躍。

高暘揹著黎葳跟著跑出來，然後是霍宇祥一邊跑一邊伸手護著高暘背上的人，怕她被甩下來。最後才是蘇誠，他將手中的手電筒往霍宇祥的腳邊照，擔心他只顧著保護黎葳，忘了注意腳下的路而跌倒。

一行人先後慌忙又慶幸地跑到巷子口，不過在最後，霍宇祥還是不由自主地停下腳步，回頭望著蓬萊樓。

不知道是不是錯覺，他總覺得現在的蓬萊樓跟他們不久前進去探險時相比老舊許多，原本鮮紅的紅磚牆變得褪色斑駁，偶爾有幾塊缺了邊邊角角；之前堅固的木窗彷彿隨時都會散架掉下來，記憶裡透明的窗戶玻璃也有了舊化碎裂的痕跡。

魔力開始慢慢消退了嗎……

霍宇祥莫名有些惆悵、遺憾，又有點難過。可能是他知道外婆的童年曾在這裡度過，擁有無法捨棄的回憶，也可能是他在這短短的一小時內，了解到當年住在蓬萊樓裡、素未謀面的祖公一家人。

——沒想到今晚在這裡能看到祖公他們，這大概算是意料之外的收穫吧。

正當霍宇祥還在想是不是應該向吳正男、向祖公一家人、向蓬萊樓道別時，蘇誠一把握住他的手，不解地皺起眉，輕聲喊一聲：「阿祥？」

霍宇祥回頭看去，發現除了蘇誠和自己，其他兩人早已帶著黎葳跑出巷子，不知道離開多遠了。

「阿祥，我們快走吧！快到末班車的時間了。」

對了，現在大概也快到捷運末班車的時間了。

霍宇祥理解地點點頭，轉身跟蘇誠一起追上前面三人的腳步。

幸好，蓬萊樓本來就離捷運站不遠，一行人跑了不到五分鐘就抵達捷運站，並剛好搭上一班車。

他們搭上的車廂裡沒什麼人，有幾個空位，霍宇祥立刻叫高暘將黎葳放到可以靠牆的位置上，也讓三水找座位坐下。

「呼……呼……」霍宇祥喘著氣，背靠在一旁的玻璃牆上，同時也不忘關心同伴，「高暘，你還好嗎？」

和霍宇祥一樣沒有坐下，只在黎葳身前抓著扶手喘氣的高暘點點頭，豎起大拇指：「放心吧，我平常也會做負重訓練，這點程度還可以接受。」

「那就好……」

視線一轉，霍宇祥看向坐在黎葳身旁的三水，「妳呢，沒事吧？」

三水一副驚魂未定的模樣，誇大地搖著頭，更一邊擺擺手，「我告訴你，這絕對是我參加過那麼多次探險以來，最可怕的一次……我還以為我會死掉……」

霍宇祥搔搔頭，帶著無奈及愧疚道：「抱歉。」

「不，要道歉的人不是你。因為現在想了想，我剛剛好像也太激動了。」

三水低下頭，眼神游移，難為情地搔搔臉頰，低聲道：

「這次明明是我自己想跟來的，結果一害怕，就怪你害了我們……該道歉的人是我才對。抱歉，阿祥。」

說完，她低下頭鞠躬，對霍宇祥道歉。

這突如其來的發展讓霍宇祥不知該如何是好，只能揮揮手道：「妳不要這麼說啦！總之我們都沒事，那就是天大的幸運了！」

「就是啊！而且，不是有句話叫狗急跳牆嗎？著急時會有點脾氣也是正常的啊。」

高暘點點頭附和，換來的卻是三水的怒視。

「喂，你說我是狗嗎？」

三水的那雙大眼瞇起，眼神冰冷。

高暘一抖，拚命搖著手：「不不不！我怎麼敢呢？您可是我們社團裡最美的那朵花，怎麼可能會是狗呢！而且就算是狗，也是可愛的狗！像我很喜歡的柴犬……喔不對，妳應該是柯基、臘腸……」

「你的意思是說我跟柯基、臘腸一樣——腳短嗎？」

根本越描越黑！只見三水的目光越冷，都快射出殺人光線了！

霍宇祥只好上前摀住他的嘴，以免這次真的鬧出命案。

「好了好了，你真的想要命的話就別說了。」

「唔唔唔唔唔唔！（牠們很可愛啊！）」

「好好好，我知道、我知道。」

雖然高暘的解釋沒人聽得懂，霍宇祥仍點頭說好，並帶他去車廂中段的空位坐下。

不遠處還有一些空位，霍宇祥走過去坐下休息，之後也對蘇誠招招手，讓他坐到自己身旁。

蘇誠沒有多說什麼，走過去坐下。

霍宇祥湊到他耳邊問：「修，你呢？你還好嗎？」

他點點頭，「我還好。但是你呢？沒事吧？」

「嗯，我沒事，還好能逃出來，不然真的要破壞公家財產了……」

「不是，我不是指那個。」

蘇誠打斷霍宇祥的話，有些欲言又止：「你跟我說過你阿嬤他們一家人以前住在那裡，如果我沒猜錯，你阿嬤的名字……應該叫黃思言吧？」

聽他這麼一說，霍宇祥這才想起他的確只跟蘇誠坦承過這件事，雖然也只坦承了一半。

他眨眨眼，輕輕一笑，「對，沒錯。」

「也就是說，我們剛才看到的黃東盛、李小蘭、黃思義都是你的家人，發生在他們身上的事也很可怕……所以我是想問，你的心情還好吧？」

蘇誠雖然聰明，但是一直都是個口拙的人。他自己也知道這點，所以不常說話，就算說了也常常只說一兩個字，只有和霍宇祥在一起時會多話一點。

不過他的內心其實很柔軟，只要是他在意的人，蘇誠就會用自己的方式關心，或者笨拙地慢慢安慰對方。

霍宇祥有點感動地露出微笑。

剛才得知多年前的慘劇是阿嬤的哥哥黃思義引起的，他的確有點難過，但也僅只於此。他沒有太傷感，也不會因此想掉淚，所以他緩聲道：

「大概是因為不曾見過面吧，雖然我知道他們也是我的家人，可是沒有太多的情緒。的確，在那棟樓裡發生的事情令人憤怒又哀傷，但我也只覺得有點難過、遺憾而已，所以我沒事，你放心吧！」

說完，霍宇祥筆直地回望著蘇誠。

而蘇誠也看進他的眼底，只有一片清澈，如乾淨的褐色海洋，平靜無波。他這才真的放下心來，也勾起微笑說：「是嗎？那就好。」

也許是深夜時段沒有什麼班次了，捷運列車的行駛速度有點快，使車廂微微搖晃，宛如鐵製的大型搖籃，讓本來就疲憊的一行人安靜下來，睏意也逐漸襲來。

列車過了一站，霍宇祥將手插進外套口袋裡，摸到了一封信和一個方形物體。他眼睛一瞪，皺著眉伸出手。

一封信與方形物體隨著「喀噠」聲，掉到身旁的空位上。

霍宇祥低頭一看，發現是個淺白色的小木盒——是剛剛吳正男給的小木盒！

他疑惑地歪過頭，細細回想……剛才吳正男是在另一個空間把這個小木盒交給自己的，但是他清醒之後，滿腦子都想著蓬萊樓將在十二點整崩塌的事，根本沒想到這個小木盒跑去哪裡了。

也許是吳正男偷偷放進來的。霍宇祥暗自心想，伸手撿起小木盒。

然而，他發現剛剛在吳正男的空間裡怎麼樣都打不開的小木盒，竟然有了一點縫隙！

他瞪大了眼，伸手試著推開盒蓋，果真一下就打開了。

裡面放著的是銅製的手搖鈴，正因為車廂的微微左右擺動，發出輕微的清脆鈴聲。

霍宇祥忽然想起一段文字：

『找到開啟魔力的關鍵物品，至夾縫門前輕搖三響，魔力會替您打破時空的拘束，請順著自身心意，將重要的訊息傳遞給那位能夠改變命運之人。』

他精神一振。

——阿嬤說，這個木盒是白山石女巫交給祖公的，難道這就是開啟魔力的關鍵物品？

接著他突然想到了什麼，也拿起掉到空位上的那封信。

這封信裡說，如果把這封信代替祖公交給女巫，或許就能改變過去……

拼圖就快完成了，他幾乎找到了能利用魔力、回到過去的方法！

看著那封信，這時浮現在他腦海裡的，是外婆提及童年時總是無奈又遺憾的微笑，以及掛在蓬萊樓內的全家福……

行進的列車在這時進站停下，車門開啟的聲音吸引霍宇祥往車門看去。視野中，有幾名乘客緩步踏出車廂，霍宇祥的腳步也不由自主地邁出一步——

「阿祥？」

聽到這聲呼喊時，霍宇祥猛然回神，轉頭才發現自己已經走到了車廂外，看著車內一臉疑惑的同伴們。

「我……」

他真的不知道自己怎麼走下列車了，但他的心裡只有一個念頭十分強烈，幾乎占滿了他的心思。

「你下錯站了。」

蘇誠大步走來，一把抓住霍宇祥的手腕，想把人帶回車廂裡。

這時，即將關閉車門的警示聲尖銳地響起。

「抱歉，我得回去一趟。」

霍宇祥反手抓住蘇誠的手並用力一推，在車門即將關上的瞬間將好友推進車廂。

蘇誠因此踉蹌了幾下，但沒有跌倒在地。可是當他穩住身體，反射性地想再去攔住霍宇祥時，車門就在他眼前完全關上，列車緩緩啟動。

他就這樣看著霍宇祥搭上反向列車，雙手不禁握緊了拳頭。

——這傢伙……他想回去幹什麼！

◆

當霍宇祥跑到古樓前，手機上顯示的時間剛超過十一點五十分。

因為從捷運站一路衝過來，霍宇祥的呼吸急促，停在樓前注視著蓬萊樓。

剛才轉頭回顧的那一眼不是錯覺，離那時候才過不久，紅磚牆就完全褪色成了黑灰色。

窗戶玻璃發出細微的喀喀聲響，蛛絲般的裂痕竄過表面。掛在大門口寫著「蓬萊樓」三字的木匾額，也腐朽到近乎乾枯的地步。

彷彿先前看到的畫面都是假象，因為維持假象的魔力正在漸漸消退，也開始顯露出蓬萊樓應有的面貌。

不僅如此，整棟樓似乎在微微震動。

——時間不多了！

霍宇祥如此心想，不等呼吸緩和過來就衝進屋子裡。

但要使用魔力回到過去，除了手搖鈴，還有一個條件：要在夾縫門前輕搖三響才行。

「夾縫門前」是指哪裡呢？

可是現在時間所剩不多，霍宇祥又十分心急，腦子根本沒辦法冷靜思考，所以他也只能想到極為簡單又粗暴的方法——在每間房間門口搖搖看就知道了！

他徑直穿過大廳，跑上二樓。他的動作毫不拖泥帶水，先在鏡子所在的房間入口前搖三響，沒有反應就換到掛滿相框的房間，還是沒有反應。

前面這棟樓裡，有房門的房間只有這兩處，剩下的房間在後面那一棟，因此他又來到後面那棟樓房。

這時，伴隨著逐漸變大的轟鳴聲，蓬萊樓的震動越來越大、越來越明顯。頭頂開始有粉塵、砂石掉落，木板地吱嘎作響，牆上也竄過一條條龜裂。

霍宇祥加快腳步，但地板開始劇烈搖晃，令人站不穩。他扶著牆走進後棟樓房，在推測是黃思義臥室的房間、主人房的房門前都搖響三聲鈴聲，但也沒有動靜。

忽然，「轟隆！」一聲巨響在耳邊炸開，整棟樓也跟著大幅向下沉！

「唔！」

正站在斷裂樓梯前的霍宇祥毫無防備，驚呼一聲就被震倒在地，不由自主地轉身靠上背後的牆壁，手裡的搖鈴也無意間被搖響幾聲。

喀嚓！

「咦？」

霍宇祥正面對著的門突然開了。

霍宇祥驚訝地看著眼前的門。

這間房間與主人房相鄰，是在樓梯口的右前方。可是，剛才他們搜索房間時好像沒有看到這間房間啊？

他再度摸索了一下記憶。他們四人離開黃思義的房間後走到這邊，發現樓梯口右前方的房間門鎖著，所以轉往主人房……

就是因為這間房間鎖著，所以他們沒有搜索到，而剛才手中的搖鈴不經意地被震響，可能剛好響了三聲！

霍宇祥使勁站起身，在越來越劇烈的搖晃中扶著牆壁走近房門，並在拉開房門的那一剎那大步一踏——

晃動忽然停止了。

霍宇祥困惑又驚訝地看向腳下的地板，但是地板十分乾淨，幾乎不像剛才蓬萊樓裡蒙著厚厚一層灰的地面。

「咦？什麼？」

他瞪大著眼環顧四周，發現這個房間裡被橘黃色的燈光照亮，裡頭的各個擺飾、家具也乾淨無比，完好無缺，沒有一點灰塵，空氣中也飄散著淡淡的檀香味。

但是每樣東西的款式都十分古老，靠牆放著的床是木板床，鋪在上頭的床單、棉被都是繡花被，放在一旁木櫃前方的行李箱也是他不曾看過的款式。

他走過去仔細看了看，發現那只行李箱是木製的，只在提把的部分加了皮革，怎麼看都不會是現代人會用的款式。

「該不會……我回到了過去？」

如果那扇門是所謂的「夾縫」，還是個時空夾縫的話，他有可能已經回到了過去……？

他抬頭環顧四周，發現左邊牆上就掛著月曆，上面的日期是一九三〇年十月二十一日。

果然如此！他成功回到過去了！

可是為什麼是一九三〇年呢？他們剛才的確有找到一張木牌是寫著一九三〇，不過從一開始他們就忘了一件事——

為什麼是一九三〇呢？黃家滅門慘案發生的時間不是一九五〇年嗎？

霍宇祥掏出口袋中的那封信，又攤開來看一次，上面的日期的確是一九五〇年。

還是說，他是回到了那個女巫所在的年代？

信上說，要取代、替換掉黃東盛交給女巫的信。霍宇祥不曉得黃東盛是什麼時候將信交給女巫的，但是既然魔力是讓他回到這個年代，說不定要替換的信就在這時候、這間房裡。

思至此，霍宇祥開始四處尋找信件，最後在門旁的書桌上發現了一封信，上頭的收件人寫著「橋本秀香」，寄件人則是「黃東盛」。

心臟猛然一跳，雖然信封仍未拆封，但霍宇祥還是拆開封口，抽出裡面的信紙。

信裡寫道：

『給 橋本秀香小姐

黃叔叔是支持妳的，請不用為了放棄承女巫一職而返鄉的選擇感到懊悔。

畢竟妳父親也只剩下妳這個親人了，我相信馬霧可帶領妳的族人，尋找到適合的歸宿。

對了！有機會再訪日本的話，我們再相約吧！如果魔力真的能讓妳再次見到已故的母親，請一定要跟我分享這個故事！

也替我為妳父親問好！祝平安健康。』

這的確是黃東盛寫給女巫的信，而女巫的名字似乎就叫橋本秀香。

霍宇祥沒有多想，立刻將這封信抽走，並把自己帶來的信放進信封。

剛放下信封，一旁的房門就被打開了！

霍宇祥轉頭看去，看著一名身穿日式制服的女孩走進來。

那女孩有一頭黑色長髮，綁成兩條辮子垂在胸前，未施胭脂的臉蛋乾淨純潔，氣質十分清純。

當她轉頭看到霍宇祥，嚇得立刻驚叫一聲！

「啊！你、你、你是……誰？」

女孩的身體往後一彈，整個人縮在角落，害怕地看著霍宇祥。這個反應也讓霍宇祥也不由自主地後退一步。

女孩的中文帶著一點外國人的口音，不太流利，但她說得慢，所以霍宇祥勉強能聽懂。

他不自覺地舉起雙手，做出投降的姿勢緊張地說：「妳、妳不用害怕，我沒有惡意！」

要是她在這時候叫人來，讓人把他抓走就糟了！因此霍宇祥又趕緊安撫道：「妳放心，我馬上就走……不過不好意思，可以請問您叫什麼名字嗎？」

「咦？啊，呃？」

這個問題似乎出乎女孩的意料之外，在短短一秒內就表現出了三種不同的疑惑。

她猶豫了一下子，上下打量霍宇祥，過了一陣子才回答：「我……我叫橋本秀香。你、你……是誰？」

「橋本秀香！」

霍宇祥驚訝得忍不住大喊出聲，又讓橋本嚇得也跟著尖叫，他連忙道歉。

「抱歉、抱歉，我沒有別的意思！」

但橋本似乎不相信，依舊縮在牆角說：「你、你在這裡……做什麼！」

「呃，這……」

霍宇祥下意識地看了一眼桌上的信，思考了一下什麼該說，什麼又不該說。

畢竟他回到了過去，要是亂說話或是透露太多未來的訊息，說不定會引起不知是好是壞的巨大改變。

總之，他現在成功將信交給女巫橋本秀香了，其他的或許不宜干涉太多。

「抱歉，我不是有意的，只是誤闖進來的……我馬上離開！」

說完，霍宇祥轉頭就走向房門口。

但是當他經過橋本身邊時，腳步仍不由自主地停了下來。

他想了一會兒，最後還是忍不住轉頭對橋本說：「妳是我唯一的希望，只有妳了。黃東盛一家人的生死……就掌握在妳的手裡，所以拜託妳——救救他們。」

「咦？」

不顧橋本疑惑的聲音，霍宇祥說完就轉頭走出房間。

踏出門的那一秒，他的意識也沉入了黑暗。

尾聲

意識逐漸恢復清晰時，霍宇祥先聽到規律的滴滴聲，接著全身上下都傳來痠痛感。

「唔……！」

這種感覺讓他不舒服到低吟出聲，但這一發聲，他就發覺喉嚨乾得不得了，無法順利出聲。

而他這一聲低吟，得到了一連串回答。

「祥祥！你醒了嗎？老婆，祥祥剛才發出聲音了！」

「什麼？祥祥，我是媽媽，你醒了就睜開眼睛看看！」

「妳看著他，我去找醫生！」

兩道熟悉的聲音接連傳進耳裡，霍宇祥稍微試著睜開眼，意外地發現眼皮比往常沉重，他用比平時更大的力氣睜開了眼睛。

首先映入眼簾的，是媽媽喜極而泣的臉。

他疑惑地皺起眉。

「媽……？妳、怎麼……哭了？」

或許是太久沒說話，他的聲音有點沙啞，話也說不太清楚。霍媽媽也不知道有沒有聽清楚，只連聲說：「你別著急，慢慢來！先別說話了，你爸去找醫生了，你別害怕！」

醫生？害怕？

霍媽媽的話讓霍宇祥滿頭問號，但喉嚨又乾得無法說太多話，只能放棄提問。

他轉頭環顧周遭，發現自己正躺著，不遠處有一張空病床，而他的手背上插著針頭，以管子連接著掛在床頭點滴架上的點滴袋。

——這是什麼情況？我在醫院嗎？

霍宇祥驚訝得差點彈坐起來，但是被霍媽媽及時壓回床上。

「你先乖乖躺著！等等醫生就來了！」

過了一會兒，霍宇祥才完全搞清楚到底發生了什麼事。

據媽媽所說，前幾天晚上，學校附近有一棟古樓無預警地崩塌了，而他正好走到那棟樓的附近，遭到波及，不僅被落石砸傷了頭，更被半埋在石礫堆裡。值得慶幸的是他當時距離崩塌的古樓還有一段距離，否則可不會只是被半埋在石礫堆裡。要是他在往前走一段路，絕對會被活埋在瓦礫堆中。

之後他被救出來、送到醫院，然後昏迷了好幾天，今天才醒來。

媽媽說著說著，又哭了起來：「你都不曉得，當我們接到蘇誠的電話時有多驚訝！我跟你爸都快嚇死了！」

他完全聽不懂媽媽在說什麼，這整段故事也跟他的記憶兜不攏，因此皺起眉：「蘇誠？蘇誠為什麼會在那裡？」

他當時明明把蘇誠推回捷運車廂了啊！

「就是他救了你啊！說起這個，你可得好好謝謝蘇誠，之後要好好對人家，知道嗎？」霍媽媽嘆了一大口氣，「要不是他剛好也在附近，聽到大樓崩塌的巨響就跑過去看看情況，你不知道要過多久才會被發現！畢竟那附近沒有什麼人住了，都是一些等著拆掉重蓋的老房子，旁邊還沒什麼路燈……媽媽真的不敢想如果沒有他去救你，你現在會怎麼樣！嗚嗚！」

「好了好了，老婆，別哭了！沒事了！」

霍媽媽說完又哭了起來，還哭得比之前大聲，原本只在一旁聽著的霍爸爸趕緊把人摟進懷裡安撫。

但霍宇祥一直緊皺著眉頭，覺得包著紗布的頭在隱隱作痛。

為什麼事情跟他記得的不太一樣？他不是在蓬萊樓快要崩塌前，利用殘存的魔力回到過去，見到女巫橋本秀香後把信拿給她，要她改變過去……

難道，過去改變了？

霍宇祥的精神一振，轉頭問：「爸、媽，你們知道外祖公叫什麼名字嗎？」

情緒被霍爸爸安撫下來的霍媽媽呆愣地眨眨眼，不解地道：「你外祖公叫黃東盛啊，你突然問這個幹嘛？」

「那他……還住在蓬萊樓嗎？」

這次連霍爸爸都皺起眉，「祥祥，你在說什麼啊？你外祖公從來沒住過那種地方，是住在那附近。」

霍宇祥的雙眼更明亮了，「那外祖公一家人都還活著嗎！」

話一說出口，沒受傷的手臂就被媽媽輕拍了一掌。

「你這孩子，亂說什麼話！雖然外祖公和外祖嬤在前幾年過世了，但你阿嬤跟外舅公身體都還好得很呢！」

「真的？黃思義還活著！」

下一秒又被拍了一掌。

「沒禮貌！誰準你直呼外舅公名字的！」說完，霍媽媽又困惑地皺眉，「不對啊，你是怎麼知道你外舅公名字的？」

霍宇祥沒有回答，一時間滿腦子都是驚喜，馬上就想從床上跳下來去確認這一切！

霍爸爸連忙拉住兒子，急問：「你要去哪裡？你的腳傷還沒好，還不能走路啊。」

「我想去找阿嬤！」

「你阿嬤在台南！你現在才剛醒來，傷都還沒好，連病房都踏不出去，是要怎麼去找你阿嬤！」

霍爸爸說完，換霍媽媽開口，「就是啊！你要找阿嬤的話，等你的傷完全好了，我們再回去！不然你阿嬤看到你傷得那麼重會心疼！」

「喔……對喔。」霍宇祥低頭看著自己綁著繃帶的腳，乖順地躺回床上，「那好吧！等我好了就回去！」

看到兒子一臉高興的樣子，爸媽反倒一臉疑惑，偷偷到一旁討論是不是該請醫生再幫自家兒子檢查腦部。

◆

霍宇祥在意外中被石礫砸到了頭，有開放性的創傷及腦震盪，下半身也傷得不輕，兩隻腳都有骨折，不過上半身只有一些皮肉傷。遇到這種意外，這樣真的算幸運了。霍宇祥也深知這一點，因此也乖乖養傷，讓爸媽放心。

醫生在確定腦震盪康復之後，就讓霍宇祥回家了，腳上的傷則只要定期回診就好。但是兩隻腳都打著石膏，行動不便，所以霍媽媽又幫霍宇祥請了病假在家休養，時間一轉眼就過了兩週。

『阿祥，你今天感覺怎麼樣？』

聽著電話那頭的低沉聲音問，霍宇祥無奈地笑了。

「好多了，而且你昨天也問過這件事了。」

『每天的情況可能都不一樣，當然要問一下了。』

「哈哈！好好好，隨便你想問幾次都沒關係。」

另一頭的蘇誠似乎很滿意，聲音輕鬆了一點，『這週末我可以再去你家看你嗎？』

「但你每個週末都來不會累嗎？你有事要忙的話就去忙，不用擔心我啦。」

在這期間，蘇誠幾乎每個週末都會來看霍宇祥，平時也會透過通訊軟體關心他。

『不忙，我想去看你。』

「那好吧，反正你知道我家的密碼，到時候自己進來啊。」

『好，到時候我會先跟你說的。』

霍宇祥靠著床頭坐著，有一搭沒一搭地跟蘇誠通話聊天。多虧了蘇誠照三餐關心，霍宇祥即使被關在家裡也不覺得無聊。

除了蘇誠之外，三水及高暘在那之後也有來關心霍宇祥。

兩人聽說霍宇祥受傷的消息後，先是分別傳訊息關心了一下狀況，之後在霍宇祥的傷勢比較好時，也跟蘇誠一起來霍家探望過霍宇祥。

三水一看到霍宇祥架著拐杖、拖著打著石膏的雙腿來開門迎接，驚訝得張大了嘴。高暘則整張臉都皺在一起，開口問：「阿祥，你沒事吧！」

霍宇祥輕笑幾聲，熟練地架著拐杖退到一旁，讓三人進門。

「沒事！我現在好多了，也差不多習慣怎麼用拐杖了，沒一開始那麼不方便。」

霍家父母剛好這個週末都要上班，沒其他家人在家，霍宇祥也就帶三人到客廳坐著，蘇誠則熟門熟路地替四人都倒了一杯水，沒讓霍宇祥忙碌。

看到蘇誠送上水，高暘開玩笑道：「蘇哥，如果你不說，我都以為這裡是你家了呢！」

「哈哈！因為他每個週末都會來看我啦！」

雖然霍宇祥這樣幫忙打圓場，但蘇誠還是瞪了高暘一眼。

四人先聊起霍宇祥的傷勢，談到意外當天的情況，三水疑惑地問：

「可是阿祥，你那天怎麼會走到那裡去啊？那裡就要被重建了，幾乎沒有人住，你去那裡幹嘛？」

霍宇祥立刻搖搖頭，「不曉得，那天的事情我記不太清楚了……」

自從受傷後，有許多人都來關心過他，也有問到這個問題，不過霍宇祥都用同樣的說法敷衍過去。

比起這個，他更想知道三水和高暘當天的情況。

「話說，你們兩個當天沒有去過那附近吧？」

高暘搖搖頭，「那天是美術系及體育系的聯誼餐會，是由我們兩個主辦的，去的餐廳也離學校有點距離。」

「是啊。而且那邊根本沒有人，沒有學生會過去那裡，所以我才問你為什麼會走到那裡啊。」

「喔……」

據三人所說，原本蓬萊樓所在的那一帶早就沒落十幾年了。大部分的住宅都已經荒廢或是賣給市政府，市政府也已經著手計畫要重新打造那一帶了。

「所以蓬萊樓原本就預計要打掉了，卻在那天就突然崩塌，是嗎？」

只見蘇誠歪過頭，「我不曉得那棟崩塌的房子叫什麼名字，是叫蓬萊樓嗎？」

他又看向三水和高暘詢問，但兩人或聳肩或搖頭，都表示不曉得。

霍宇祥沒有就此放棄，「那傳說呢？那棟樓不是有傳說嗎？例如裡面有冤魂，或者裡面會有莫名的燈光。」

三人更加不解，頭搖得更大力了。蘇誠更皺著眉，一臉擔心地問：「阿祥，你的頭真的沒事了嗎？要不要再去檢查看看？」

霍宇祥知道蘇誠不是在酸他，而是真的擔心他所以沒有生氣。接著又問：「那葳葳呢？

那天晚上你們有遇到她嗎？」

三水皺著眉問：「那是誰？我們認識嗎？」

這下霍宇祥是真的確定了，那天晚上的事情真的改變了——他們沒有去蓬萊樓探險，三水和高暘也不認識自己的直屬學妹黎葳，蓬萊樓的傳說更沒有傳遍學校。

霍宇祥鬆了一口氣，揮揮手對三人說，「沒事，那可能是我記錯了。」

由於三水及高暘也有聽說霍宇祥發生意外後記憶有些錯亂，所以也沒再追問什麼，開始聊起無關緊要的話題。

兩個月後，霍宇祥的腳傷終於快好了，雖然還要拄著拐杖，但是其中一腳已經拆掉石膏了，比較可以活動。課程上也不允許他再休息了，因此他還是選擇回學校上課。

這天下課時，霍宇祥一走出教室就看見蘇誠在走廊上等著。蘇誠靠著粗大的圓柱，抬眼看到霍宇祥就快步走上前。

蘇誠扶上霍宇祥沒有拿拐杖的手，兩人正要慢慢離開，突然有抹身影從後面飛奔過來。撞上來的瞬間撞擊力差點害霍宇祥失去重心，是蘇誠急忙使勁穩住他，他才免於跌倒。

而罪魁禍首似乎毫無自覺，自顧自親密地挽著蘇誠的一隻手臂，帶著甜美的笑容用纖細的聲音說：「蘇學長！你怎麼會在這裡？」

蘇誠冷著表情往身旁的人——黎葳瞪去，身周散發出冰冷的氣息並果斷地抽回手，冷聲道：「別碰我。」

黎葳顯然感受到了他的不悅，睜著大眼擺出無辜的表情，撒嬌似的說：「蘇學長，你怎麼了？怎麼好像不高興？」

這問題徹底割斷了蘇誠的理智線，嘴角直往下扯。

「妳沒看到妳學長受傷站不穩嗎？妳剛剛差點害他又跌倒，妳是眼瞎了還是——」

霍宇祥有種不祥的預感，他覺得蘇誠接下來的話只會越來越難聽，因此扯了扯蘇誠的手臂，阻止他繼續說下去。

「修，我沒事。」

雖然剛才黎葳的行為的確也讓他不太高興，但這裡是剛下課的走廊上，下課後要離開的學生都在看這裡，他可不希望蘇誠被傳出什麼不好的傳聞。

直到這時，黎葳才看向霍宇祥，發現他拄著拐杖。原本有些怨懟的神情立刻變得同情，皺眉道：「學長，你怎麼傷得那麼嚴重，還好嗎？」

霍宇祥乾笑幾聲，「還好，我沒事，快好了。」

「他都傷成這樣了，妳到現在才看到？就別假好心了吧。」

蘇誠此話一出，身旁的兩個人都僵住了。霍宇祥沒想到他會講得那麼狠毒，黎葳的表情更是精彩，一陣青一陣白，既羞憤又尷尬，結結巴巴地說不出半句話。

「這……我……我只是急著來找你嘛～蘇學長，你不要生氣了好不好？」

這或許是黎葳第一次看到蘇誠發火的樣子，她的一雙大眼往上瞟，表情裡無辜帶著一點害怕，更偷偷地拉了拉蘇誠的衣角，十足無辜弱女子的模樣。若是其他男人看到，大概會心軟，無法再對她生氣。

但她算錯了，這招對蘇誠可沒用，反倒是往蘇誠的心頭火倒下一大桶汽油。

蘇誠冷眼看著她，一把抽回衣角，說得絲毫不留情面：「但我一點也不想看到妳，妳說該怎麼辦？」

「唔！你……！」

出乎意料的回答讓黎葳的臉一下垮下來，又羞又惱地豎起眉毛瞪著他。

蘇誠絲毫不怕，單邊眉尾一挑，用更氣人的嘲諷語氣說：

「要不是看在妳學長的份上，我早就懶得理妳了，不如我們就在今天說清楚吧。」頓了一下，他正色道：「我對妳這種女生沒興趣，少在我面前晃來晃去了，很礙眼。」

「唔……！」

「呃，修！」

蘇誠說完，扶著霍宇祥轉身就走，連一個眼角餘光都不願意給黎葳。

霍宇祥覺得他說得太狠了，不禁微微皺起眉，想念蘇誠幾句但又不知道該怎麼說才好，只能勉強回頭關心一下黎葳的反應。

只見黎葳氣得都要掉下眼淚了，一張精緻的小臉氣得通紅，又說不出話，只能雙拳握得緊緊的，死瞪著他們。

「別管她了，那種人不值得擔心。」

蘇誠不帶感情地這麼說，讓霍宇祥的眉頭又皺得更緊了，側頭到蘇誠耳邊說：

「噯，你從來都不曾說過這麼狠的話，怎麼今天對葳葳就那麼狠？她就是個小女生，不用說得那麼重吧？」

蘇誠臉色冰冷地看了霍宇祥一眼。

「只有你看不出來她在利用你。」

「啊？」霍宇祥不懂了。

知道不管說再多，心思單純的霍宇祥都會有八成的機率聽不懂，因此蘇誠搖搖頭，不想再聊這件事了。

「算了，走吧，我肚子餓了，快點去吃飯。」

◆

蘇誠（修）：你快到台南了嗎？

霍宇祥：嗯，就叫你跟我回台南看我阿嬤了。

蘇誠（修）：不要吧，你阿嬤又不認識我。

霍宇祥：她知道啊！她知道這次是你救了我，還說想當面跟你道謝呢，因為你救了她的寶貝孫子。

蘇誠（修）：跟你阿嬤說，我心領了。

蘇誠（修）：別忘了我們後天約好了。

霍宇祥：我記得啦！

坐在車後座，霍宇祥飛快地打字，在他按下傳送鍵的同時，車也停了下來。

「祥祥，幫媽媽把這個營養品拿給你阿嬤。」

「喔，好。」

霍宇祥揹著簡便的行李，手上拿著媽媽準備的營養品，與父母先後下車。

不意外的，面容依然熟悉的外婆從屋子裡慢慢走出來，笑著對女兒一家人揮手。

「哎呦，想死我了！我的寶貝祥祥，阿嬤終於看到你了！你的身體有沒有好一點啊？」

霍宇祥趕緊迎上去攙扶住外婆，也笑著說：

「阿嬤，我完全沒事了啊！妳看，」他原地跳了幾下，「我還可以跳呢！」

「噯噯，別跳了，你的傷剛好，別搞怪了！快進來，阿嬤特別去抓了幾帖補湯，就等你回來喝！人家說傷筋動骨一百天，我得好好幫你補一補！」

「阿嬤～我真的沒事了啦！對了。」霍宇祥一邊扶著阿嬤進屋，一邊舉起手上的那袋營養品，「阿嬤，這次我也帶了營養品來給妳，妳要乖乖喝喔！」

「傻孫子，你只買給我，沒買給你自己嗎？現在受傷的人可是你啊！」

「阿嬤，不然這樣吧？我們馬上一人喝一罐，這樣妳補我也補！」

「哈哈哈哈～好、好，我們快去沙發上坐著吧！」

祖孫倆手牽著手坐到客廳沙發上，你一言我一句的，聊得很高興，笑聲完全沒停過。

從下車就被忽略到現在的霍家爸媽都無奈地笑著搖搖頭，提著行李就先去房間了。

不知道是不是錯覺，霍宇祥覺得外婆的外表雖然沒變，但是臉色明亮許多，不像以前經常唉聲嘆氣了。

他拿起桌上的茶杯，倒了一杯水給外婆潤潤喉。

他想，現在是問清楚的好時機。

「阿嬤，我問妳喔！以前……大概一九五〇年的時候，阿嬤的家人有發生什麼事嗎？」

外婆聞言，不解地皺了一下眉，放下水杯問：「你怎麼這麼問？而且，怎麼只問一九五〇年的事呢？」

「喔～沒有啦，就是……」霍宇祥眨眨眼，快速動腦，裝作若無其事地回答：「最近我上了一門課，有講到那時候的臺灣，我就想說，阿嬤那時候已經出生了吧？所以想聽阿嬤說那時候的事啦！」

「呵呵呵，原來是這樣啊！那我想想啊。」

外婆低下頭，思索不久後開口：「那時候我還小，和你外祖公他們住在台北……對了，就是你們學校附近。在我們家附近還有一棟樓叫蓬萊樓，是你外祖公朋友的家，你外祖公很喜歡去那裡串門子，呵呵！」

霍宇祥的眉頭一跳，「該不會……就是之前倒塌、壓傷我的那一棟樓吧？」

「對對對，就是那棟樓！真的好險你沒受什麼傷！」

說起這件事，外婆又心疼地皺起眉，雙手捧著霍宇祥的臉還揉了揉。

「哈哈，阿嬤，我沒事了啦！不過，外祖公住在那裡的朋友，是男生嗎？」

「不是，是個台日混血的女人，我還記得她叫橋本秀香，和一個原住民叔叔住在那裡。小時候，我跟你外舅公也經常跟外祖公過去。在那一帶，就屬那棟樓特別美，尤其是門外掛上燈籠時，火光照亮顏色鮮豔的紅磚，那棟樓就像活著一樣，神采奕奕、富有活力！」

外婆的聲音在這時急轉而下，搖搖頭感嘆道，「唉，只可惜……在那個阿姨去世後，就沒有人繼承那棟樓了。人家都說啊，房子不住會老得特別快，結果你看，我們以前住的房子都還沒垮，蓬萊樓卻先崩塌了！」

「這樣啊。不過阿嬤，妳去那棟樓時，有遇過什麼不可思議的事嗎？」

「不可思議的事？」外婆又不解地問。

「就像……有魔力，可以幫人實現願望之類的？」

聞言，外婆開朗地笑起來，「哈哈哈！傻孩子，你在說什麼啊？這世界上怎麼可能會有那種東西呢！」

霍宇祥頓時愣了一下。

——阿嬤的記憶……改變了！

這時，他又問：「阿嬤，外祖公沒有帶你們一家人住進那棟蓬萊樓吧？」

外婆又搖搖頭，困惑地說：「當然沒有！我剛剛就說了，我們家是住在那棟樓的附近。嗳，祥祥，你真的沒事嗎？」

說完外婆又擔心地皺著眉頭湊過來，想看看他身上是否還有傷口。

至此，霍宇祥終於確定了一件事——外婆的記憶確實改變了！

橋本秀香真的繼承了蓬萊樓，改變了外婆一家人的命運！

想到這裡，霍宇祥就忍不住高高勾起嘴角，露出既感動又燦爛的笑容，眼角甚至泛著淚光。

外婆一家人住進蓬萊樓的過去被改變了，一九五〇年的滅門慘劇也消失了。霍宇祥頓時鬆了一口氣，他看著眼前擔心他的外婆，心裡一時激動就緊緊抱了上去。

「阿嬤……太好了！真的太好了！」

「啊？祥祥，你這是怎麼了？怎麼突然那麼開心啊？」

「沒事，我沒事！我只是太久沒回來，看到阿嬤太高興了……！」

「哎呦，我的傻孫子！那你以後可以多回來看看阿嬤啊！阿嬤看到你也很高興！」

聽到兩人高興的聲音，霍宇祥爸媽疑惑地走到客廳來看看狀況，結果就看到祖孫倆緊緊抱著彼此，自家兒子甚至眼泛淚光。兩人不禁疑惑地對望一眼，都歪頭不解。

在長久的擁抱過後，霍宇祥在沙發對面的牆上發現了一個相框，裡頭放著不曾看過的照片。

他不由自主地站起身，走到那張照片前端詳起來。

那是阿嬤的結婚照，也可以說是一張全家福。年輕的外婆、外公坐在正中央，外婆的身旁坐著一對年邁的老夫婦，其中那位老年男子很是眼熟。

他指著男人問：「阿嬤，這位是……外祖公對吧？」

外婆抬眼看過來，笑著說：「是啊，旁邊還有你外祖嬤跟舅公。」

「這樣啊……」

看著那張結婚照，霍宇祥又不由自主地揚起嘴角。

「阿嬤，妳現在幸福嗎？」

「呵呵！傻孩子，問這什麼蠢問題，當然幸福了～」

霍宇祥轉頭看到外婆明亮溫和的笑容，笑得更燦爛了。

——全文完

國家圖書館出版品預行編目資料

浮世百願：昔日心願 / 笨蛋工作室原作；冰糖優花作 .
-- 一版 . -- 臺北市：臺灣角川股份有限公司，2023.01
面；　公分

ISBN 978-626-352-177-3(平裝)

863.57　　　　111018439

浮世百願

昔日心願

原作／監製　笨蛋工作室
作　者　冰糖優花
繪　者　張季雅

2023 年 1 月 18 日　初版第 1 刷發行

發 行 人｜岩崎剛人
總　　監｜呂慧君
編　　輯｜黎虹君
特約編輯｜陳凱筠
美術設計｜邱靖婷
印　　務｜李明修（主任）、張加恩（主任）、張凱棋

台灣角川

發 行 所｜台灣角川股份有限公司
地　　址｜104 台北市中山區松江路 223 號 3 樓
電　　話｜(02)2515-3000
傳　　真｜(02)2515-0033
網　　址｜www.kadokawa.com.tw
劃撥帳戶｜台灣角川股份有限公司
劃撥帳號｜19487412
法律顧問｜有澤法律事務所
製　　版｜尚騰印刷事業有限公司
I S B N｜978-626-352-177-3

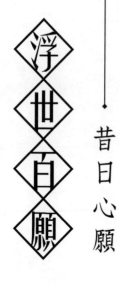